九十歳のラブレター

加藤秀俊
Hidetoshi Kato

新潮社

九十歳のラブレター　目次

九十歳のラブレター

世の中は空しきものと知る時し、いよゝます〳〵悲しかりけり
吾妹子が植ゑし梅の木見る毎に、心むせつゝ涙し流る

大伴旅人

序　その朝

とてもかなしいできごと、そしてその後のぼくの人生を根底から変えてしまったできごとからはじめなければならない。

その朝、つまり二〇一九年九月十六日の朝、ぼくは六時半に台所におりて、いつものように朝食の準備をはじめた。果物は季節のナシとブドウ、それにブルーベリー入りのヨーグルト、野菜ジュースをそれぞれの食器に用意し、コーヒー・メーカーはいつでもスイッチをいれればいいようにセットした。あなたのゆで卵は半熟で七分半、ぼくはハード・ボイルドで十一分。それもガスを点火すればすぐにできるように準備した。コーン・フレークスとミルクも忘れなかった。いつもかわらない我が家の朝食メニュー。

食事の用意はここ数年、あなたの心筋症が悪化して入退院をくりかえすようになってからのぼくの役目である。八時になったら起こすように、というのも約束だったから、いつものようにあなたの寝室のドアをそっとあけた。このところ、あなたはときどき目がさめるのが遅く、よくあることだった。

　ぼくはあなたの名前をよんだ。あんまり大きな声だとびっくりするから、さいしょは小声で、二回目はすこしおおきな声でくりかえした。いつもだと、「あら、もうこんな時間なの？　寝坊しちゃった」とつぶやいて目をうっすらとひらくあなたに、「しっかりせよと抱き起こし……」と軍歌「戦友」の一節を口ずさみながらかがみこんで首をさしだすと、それにこたえてあなたは細くなった両腕を巻きつけて「いやねえ、離れて遠き満州の……なんてまっぴらだわ」といいながら、ぼくにつかまってゆっくりと身を起こすのだった。

　ひとがみたら滑稽だろうけれども、もう「後期高齢者」なんかとっくに過ぎて来年は九十歳になろうというぼくたち夫婦には、それが朝の習慣だった。なにしろ、あなたは心筋症にくわえて骨粗鬆症もひどくなって腰痛がはげしく、整形外科にも通院していたのだから、起き上がるのがつらい日もすくなくなかったからである。そんなふうにしてぼくたち老人夫婦の毎日の平凡な生活がはじまっていた。

　ところが、きょうはなにも答えてくれない。どうしたんだろうと不審におもって寝室の天井灯をつけてみたら、あなたは眼と口をおおきく開いたままうごかずにいる。もう一度名前をよんで、顔をそばによせてみると、じっとしたままで硬直している。顔に表情はなく灰色になっている。ぼくは両手をのばしてあなたのからだを抱きあげた。

あきらかにあなたは呼吸もしていないし、ぼくの腕のなかのからだは重く、冷たくなっていた。死亡していたのである。いや死亡していたのかどうか、そのときはわからなかった。だが異常、それもありえないような異常な事態になっていることはすぐにわかった。ぼくは、即座に救急車をよぶべきだと判断した。

これまで数年間、セキがとまらなかったり、手足がうごかなくなったり、かなり緊急を要する異変があって、救急車をたのんだことが数回あった。そのたびにお世話になって助かった。だが、こんどはいままでとちがって血の気がない。いよいよその時がきたのか、と直感した。

救急車はすぐに到着した。いつものことながら救急隊員のみなさんはテキパキと行動して三人がかりであなたのからだを毛布でくるみ、家の前に駐車してある救急車に搬入してくれた。ぼくは「目黒の共済病院にいってください、あそこにすべてのカルテがありますから」と懇願した。

救急車というのは規則上、患者をすぐに受け入れてくれる病院をさがしだして、そこにゆくことになっている。こちらから行く先の病院を指定することはできない。だが、いままでずっとぼくたちは、なにかにつけてこの病院のお世話になっている。

さきほどのべたように、あなたには心疾患があり、ここ二十年ちかく、毎月、外来で循環器内科に通院している。これまで何回か救急搬送されたのもこの病院だった。そしてそのたびに入院して命拾いをしている。この病院なら電子カルテがあるから、主治医がおられなくても、すぐに状況を判断して適切な処置をとってくださるだろう。

救急隊員は携帯電話ですぐさま連絡をとり、「共済にゆきます」といってくれた。救急車のなかでは、さまざまな緊急医療機器があなたのからだを救おうと動員されていた。ぼくはあなたの名前をなんべんも、ほとんど途切れることもなく呼びつづけた。反応はなにもなかった。あなたは目を見開き、口をあけたままうごかない。いつもなら握り返してくれるはずの手は冷たく、なんの手応えもなかった。ぼくはあなたが「死んだ」のだ、と覚悟した。

病院の宿直医は若い女性の研修医だった。あなたのからだは緊急処置室にいれられた。ぼくは廊下で待ちながら、ふたりのこどもたちに電話をかけた。「ママが死んだ」とぼくはいった。ふたりとも「え? なに? すぐ行く!」と答えた。偶然にも「敬老の日」の朝であり、それぞれの家にいた。これまでこうして救急のたびにこの病院へきたことがあるから、場所はわかっている。三十分ほどで家族はそろって薄暗い廊下の椅子にすわっていた。

やがて宿直医の案内で室内にはいると、あなたはストレッチャーの上に横たわり、からだには白いシーツがかけられていた。「午前九時三十八分、死亡を確認しました、お悔やみ申しあげます」と、その女医さんはちいさな声でいった。あなたの突然死は虚血性心不全と診断された。

1　血のメーデー

昭和二十七（一九五二）年五月一日。五月晴れのさわやかな日の、たしか昼すぎのことだっただろうか、一万人にちかい労働者や学生の大集団が日比谷公園から皇居前広場にむかってデモ行進をはじめていた。あのころは労働組合運動も学生運動も先鋭化し、あたかも革命前夜のごときむんむんした熱気が立ちこめていた。

ぼくは大学三年生、大学の新聞部の関係だったか、それとも学内でのアジ演説に説得されたのか、今となってはすべてがぼんやりしていてよくおぼえていないが、とにかくそのデモ隊のなかにいた。

なかにいた、というより、先頭に立っていた。かすかな記憶によれば、そのころぼくは全学連（全日本学生自治会総連合）だったか都学連だったかの役員を押しつけられていた気もする。じじつ、友人のひとりがこれを襟につけろ、といって手渡してくれたやたらに目立つ木製のバッジには「D」という文字が刻まれていた。それは「日本民主青年同盟」略して「民青」という日本共産党の青年部をしめすもので、このバッジをつけたとたん、ぼくはどうやら共産党員、あるいはそのシンパになっていたのである。だからいつのまにか学生デモの中心にいるというハメになっていた。

いっぽう、あなたは青山学院女子専門学校英文科を卒業し、板橋区立中学校の英語担当教諭としてすでに教職についていた。ぼくが左翼青年気取りでブラブラしていたのと対照的に、あなたは立派な職業人になっていたのである。そんな時期のあのメーデーの日、デモ隊は「聞け万国の労働者……」と歌いながらスクラムを組んで行進した。

当然のことながら、ぼくは全学連の隊列にいた。労働組合のなかにはムシロ旗を立てて気勢をあげるグループもいたし、警戒にあたっていた警官隊にむかってあらかじめ用意していた石やレンガを投げはじめる者もいた。たちまちアメリカ軍のジープなどもひっくりかえしての破壊がはじまった。当局もこれを予知していたから動員された警官隊は五千人をはるかにこえていたという。

デモははじめから殺気だっていた。あらかじめ双方承知の武力衝突だったらしいが、そんなこと、末端の一学生は知るはずもなかった。整然たる警察の動きのまえにデモ隊の隊列は崩れ、その間隙を縫うように警官隊が突入してきた。ぼくは逃げた。皇居前広場から、東京駅にむかうあの道幅のひろい行幸《みゆき》通りを走り抜けた。ふりかえってみると、デモ隊を取り囲んだ警官隊のなかには拳銃を手にしている隊員もいた。さすがにデモ隊を標的にしているわけではなく銃口は空にむけられていたが、その威嚇射撃の発射音が耳もとまでとどいてきた。

武力衝突の時間はほんの十五分くらいだったような気がする。もともとデモ隊にはちゃんとした指揮命令系統などなにもなかった。つまり、あのメーデーの一万人はそもそも指揮官不在の暴徒にすぎなかった。みんなバラバラだった。あちこちで竹竿をふりまわして警官に立ち向かう勇士もいたようだが、全面敗退。ぼくもちりぢりに敗走したひとりだ。皇居前の広場には乾いた砂塵がもうもうと立ちこめていた。この「戦闘」では死者一名、重軽傷者二百名がでた。「血のメーデー」と名付けられたゆえんである。

その騒然たる戦闘場面をのがれ、ぼくはひたすら走った。振り返ると、追ってくる警官のすがたもみえた。そのとき、すぐそばを、おなじく必死になって走っているひとがいた。それが、なんということであろうか、かねてからデートをかさねていたあなただったのである。

あなたが、こんな殺伐たる修羅場にいる。さらにはぼくのとなりで逃げ惑っている。いったいぜんたい、あの一万人にちかいデモ隊のなかで、どうしてこんな偶然が発生したのだろう。ぼくはあなたがこのデモに参加していることすら知らなかった。あとできいたのだが、あなたは中学の先生になったとたんに自動的に日教組の組合員にされ、組合費は給与から天引きされていたという。そして、その新米教師はこの日、デモに動員されていたのだった。

　共産党シンパの左翼青年だったぼくがデモにくわわるのは当然だったとしても、あなたのような政治イデオロギーなどと無縁な山の手のお嬢さんが、いくら日教組の組合員だからといって、こんな危険なデモにまで参加しているとは信じられなかった。だが、そんなことを思案している場合ではない。さあ、こっちに逃げよう！　とぼくはあなたの手をにぎって帝劇のまえから有楽町方面へ走った。

　これはたんなる偶然ではない、奇遇でもない。あきらかに「奇跡」である。いや「奇跡」などという生やさしいものでもない。ぼくはそのありうべからざる遭遇に戦慄をおぼえた。だが、そんな呑気なことをかんがえている余裕はなかった。とにかく必死に走った。ひたすら逃げた。ぼくはあなたの手をさらに強くにぎりしめていた。

　あとで知った記録によるとこの日、デモ隊からは合計千人以上が逮捕され、その一割くらいは起訴されたというから、一歩まちがえばぼくたちだって手錠をかけられていたかもしれない。そうなっていたら、ぼくとあなたの人生はまったくちがったものになっていたにちがいない。

有楽町方面にむかって逃げたのは成功だった。デモ隊のなかには勇敢にも警官隊に逆襲して投石をくりかえし、とどのつまりが包囲されて、そのまま留置場に連れてゆかれたのもいたし、方向を見失ってお濠端まで追い詰められ、両手をあげて降参したのもいた。危険の少ない広い道路をえらんで有楽町を目指したぼくたちの直感的な逃走路は、賢明な選択だったのである。数寄屋橋のちかくまでたどりついたところで、さすがに息切れがしてしまった。付近に警官のすがたはみえない。ひとまず安心。

「ここからはゆっくり歩こう、そのほうが安全だから」

そうささやくと、あなたはぼくの顔をみてうなずいた。ふたりは手を組んで、仲良しのアベックのそぞろ歩きといった風情で銀座に向かった。

あのころの有楽町には数寄屋橋がまだ健在で、日劇があり、朝日新聞本社があり、橋の下の外濠は運河になってよどんだ水がながれていた。その橋をぼくたちはゆっくりと渡った。

なにしろ二十二歳の青年男女である。あなたはふだんの通勤着のような紺のスカートに白のブラウス、ぼくは学生服のズボンに白いシャツ。あれだけ走ったうえに砂塵を浴びて、汗びっしょりになっていただろうが、べつだん銀座に不似合いないでたちではなかった。どこからみても学生のアベックだ。

　銀座四丁目まで歩いたら、そこはさっきまでの殺伐とした世界とはまったく無縁の天国だった。ぼくたちのような若者もいたが、おおむね中年の上品な奥様たちがのびやかにウインドウショッピングをなさっていた。ぼくたちは当時鳩居堂の並びにあった「オリンピック」という喫茶店にはいり、窓際のテーブルでたしかフルーツ・パフェを注文した。おたがい銀座はよく知っていたから、やっと安全地帯にもどってきた、という安堵感で緊張がゆるんだ。

　まさか、こんなところまで「暴徒」が逃げこんでいるなどと警察は計算していなかったろうし、たとえしていたとしても、占領時代がおわったばかりでまだ米兵が警備していた、この日本一の繁華街まで捜査網をひろげることは避けていたのかもしれない。

　結局のところ、ぼくたちは赤旗をかかげ、大声でシュプレヒコールを叫びながら、じつは山の手育ちのプチブルにすぎなかったのだ。本気で「革命」を信じていたのだったら、威嚇射撃などを恐れることもなく警官隊と武力衝突していただろう。それなのにこんなふうにさっさと戦線を離脱して、銀座の喫茶店でのんびりと語り合っている。ぼくたちにとって、学生運動もメーデーも、山の手の坊ちゃん、お嬢ちゃんの気まぐれなオアソビにすぎなかったのだ。

しかし、これはなんという偶然であろうか。きょうの騒乱のなかで、あなたの所属していた日教組とぼくがいた全学連とはまったくちがった編成でべつなところに配置されていたはずである。そして参加者は一万人の大群衆である。そのなかで、よりによって、おなじ方向を目指して、まったく同時刻に、それもふと気がついてみたらふたりは手をとりあって走っていた。こんなことがあっていいのだろうか。

ぼくは、喫茶「オリンピック」の窓にさしこむさわやかな五月の光を浴びながら、これはたいへんなことだ、とおもった。ぼくとあなたはこうして会うべくして会い、こうしていっしょに座っている。さっきまで恐怖感でこわばっていたあなたの表情はいつのまにか消えて、口元がほころび、いつものほほえみがよみがえっていた。

テーブルにはこばれてきたおしぼりで、額から首筋まで拭いて、「ああ、さっぱりした。これで安心ね」といった。ときどき横顔をみせるあなたのうなじの白さがまぶしかった。ぼくの心は突如として燃え上がった。喫茶店のテーブルで向かい合うあなたのすがたが、それまでとはちがうようにみえた。この数十分間の逃走劇をいっしょに経験しただけで、おたがいの距離感がいきなり急接近したのである。

このメーデーでの、キザにいえば「運命の出会い」によって、ぼくはあなたに結婚を申し込んだようである。いや、そんな正式の求婚のことばを口にした記憶はないが、とにかく、ぼくはこのひとと一生をともにしよう、いや、しなければならない、と思うようになった。かねてから知っていたあなたにたいする思いが一挙に炸裂したのだった。あなたも暗黙のうちにそう思っていたにちがいない。いずれにせよ「結婚」ということばが、ぼくの頭のなかで鐘のように鳴り響いた。

その奇跡的な遭遇の機会をつくって縁結びをしてくれたことに関するかぎり、ぼくたちは日本共産党に感謝すべきなのかもしれないが、その後まもなく、日本共産党の第六回全国協議会、略して「六全協」は突然、武装闘争路線を撤回した。無邪気な若者たちからあんなに犠牲者をだしたというのに、肝心の指導部は路線変更といって涼しい顔をしている。そのときからぼくは共産党がキライになった。Ｄという文字のしるされたバッジは捨てた。

それからおよそ二十年後に勤務先の京大で学園紛争が起きたとき、ぼくはふたたび「民青」ということばをきいた。そして不愉快になった。大学の構内は荒廃し、教室が閉鎖され、行く先のなくなった「民青」ぎらいのぼくの学生たちがうちにやってきた。かれらを我が家に迎え入れたあなたは、茶菓でもてなし、笑顔で、「しょうがないわねえ、学生さんたちって、いまもむかしもサワいでばっかりね、勉強してればいいのに」と呆れたような顔をして話しかけていたけれども、神妙な顔つきでそれをきいていた学生諸君は、この助教授夫人が伝説中の「血のメーデー」であわや生死の境をさまようところだった日教組の一員であったことなんて、たぶん信じてくれなかったろう。

2　青南小学校

近所の公園に春のお花見にいったとき、おなじみのベンチに腰掛けて、あのメーデーのことなどを思いだしながら、

「あのころからもう七十年ちかくもいっしょにいるんだなあ」

とつぶやいたら、あなたは笑いながら、

「そうじゃないわよ、青南のときから数えたら八十年になるじゃない」

とぼくのほっぺたを指で軽くつっついた。

そうだ、そういわれてみれば、ぼくたちのつながりはあのメーデーにはじまっていたのではなかった。じつはもっとむかしに縁はつながっていた。正確にいうと、昭和十二（一九三七）年四月一日、かぞえで七歳のふたりはその日、おなじ小学校、つまりいまの港区立青南小学校に同時に入学していたのである。

あなたはそのころ「東京市青南尋常小学校」とよばれていたこの小学校の学区内、青

山南町で生まれ育っていたから当然の進学だったが、ぼくのばあいは事情がかなりちがった。というのは、ぼくの家族、とりわけ祖父と母が教育熱心で、「いい学校」に入学させることを目標にしていたからだ。

当時、ぼくが住んでいたのはいまの渋谷区桜丘町だったから学区からいえば近所の大和田小学校に進学すべきだったのだが、そうはさせなかった。大和田はあんまり目立つことのない新開地の学校だ、というのがその理由だったらしい。じっさい、戸籍謄本をみるとぼくの出生地は「東京府豊多摩郡渋谷町桜丘九十三番地」となっている。ぼくの生まれた昭和五（一九三〇）年には「町」へ昇格していたが、ちょっと前までは「渋谷村」で、渋谷川には水車がまわっていたらしい。いまはたいへんな繁華の地になっている渋谷は、ついこのあいだまでは東京といっても「区内」ではなく「郡部」だったのである。

そんな新開地の小学校ではなく、とにかく「いい学校」にいれたいというので、「白金、青南、番町」という当時の市内有名校ご三家のなかから青南小学校の名前があがったらしい。学区外からの「越境入学」である。ぼくにはいっこうにわからなかったが、青山にいる遠縁の医者の家に「寄留」ということにして渋谷から通学という便法である。いまでいえば、住民票だけを移動させたというわけ。

青南は大正期からそういう越境入学者の多い学校で、ぼくの青南での先輩には有名人も多かった。一九七〇年にぼくが大学を辞職して日本文藝家協会の会員になったときには同窓のよしみで安岡章太郎さんが推薦人になってくださった。「え？　君も青南だったのか？　いいよ、お安い御用だ」と安岡さんはやさしい笑顔でハンコを押してくださった。安岡さんとは淡いおつきあいだったが、それでもときどきごヒイキの銀座のシャンソン・バーに誘われてご馳走になった。あのバー、いまはどうなったか。

まわりくどいはなしになったが、そんな変則的な方法で遠距離通学をするようになってあたらしいランドセルを背負ってめでたく入学式に出席したとき、あなたもそのおなじ式場に神妙な顔をしてすわっていたはずなのである。もとより「いた」ということと「知った」ということとは別問題で、べつだん小学校の新入生どうしが会ったわけでもないし、名前を知ったわけでもない。ましてやことばをかわしたわけでもない。

そのころの小学校は男女別学だった。たしか男子学級、女子学級それぞれ二組ずつだったか、同期生の数は合計百五十人ほどだったように記憶している。いまのような男女共学ではなく、そうかといって江戸から明治にかけてのような厳格な男女別があったわけでもなかったが、「男組」の子と「女組」の子とがまじりあうことはなかった。

しかし、そんな小人数なのだし、運動会や学芸会はいっしょだから、名前ぐらいはだんだん知るようになった。そして学年が進行して四年生くらいになると、異性へのほのかな興味が心のなかに芽生えてきた。べつだん恋心、というほどのものではないにしても、「あの学級のなんとかさんは頭がいい」とか「美人だ」とか、男子どうしの会話のなかで同期の少女たちへの「品定め」がはじまった。

　その「品定め」のなかで数人の女の子の名前がひそかにささやかれるようになった。その数人の女の子のなかにあなたの名前があった。といっても、なにしろ他学級、しかも「女組」の子だから、顔と名前は完全には一致せず、小学生のぼくにとって、あなたはその数人の賢そうな美人のひとりとして校庭や廊下でときどき見かけるだけ。そのおぼろげなイメージを頭のなかにのこしたまま青南小学校を卒業した。

　だから、ぼくたちのさいしょの「出会い」は、なんとなく気になる小学生の恋心のようなものだったのかもしれないが、そんなこと、いまのぼくにはもうわからない。

3　戦争

念願の青南小学校に入学したのはよかったが、入学後三ヶ月たった昭和十二（一九三七）年七月七日に「盧溝橋事件」が発生した。奇しくもこの七月七日というのはあなたの誕生日。あなたは七歳の誕生日を日中戦争開戦の日に迎えたのだった。この戦争はやがて「大東亜戦争」に拡大することになるのだが、要するにぼくたちの世代はその小中学校時代を戦争とともに生きるべく運命づけられていたのであった。

そんな時期はあっというまにすぎて、ぼくは真珠湾攻撃の翌年、昭和十七（一九四二）年に東京府立第六中学校、すなわちいまの新宿高校に進学し、そこで一年をすごしたあと、こんどは仙台陸軍幼年学校に第四十八期生として入学して軍国少年の模範生になった。

そんなふうにぼくが軍事訓練に明け暮れていたころ、あなたは青山学院高等女学部に進学し、やがて勤労動員で明電舎で働いていた。その作業はなんと旋盤工。

いくらなんでも十四歳の少女と旋盤は釣り合わない感じだが、その時代のことが話題になると、あなたは、

「ほんとよ、毎日、青山から品川の工場まで満員の電車で通ってたのよ。ずいぶん怪我したひともいたわ、ヒドすぎるとおもわない？　でも、習い覚えた技術だもん、いまだって旋盤ならうごかせるんじゃないかしら？」

と追憶するのが常であった。ぼくが「まさか」と笑うと、「ほんとよ、旋盤まわしてたもん」と強情なほどに反発した。だが、それは、ずいぶんあとになって知ったこと。おたがい、なにも知らなかった。いや、おたがいの存在すらも忘れていた。

もっとも、戦時中だからといって、勤労動員がかかってきたのは昭和十九（一九四四）年ごろからのことで、それまでの生活にはまだ戦前のおだやかな余裕がのこっていた。女の子にはいろんなお稽古ごとがあり、あなたは三味線と長唄のお師匠さんについて和楽のお稽古をしていたという。日本舞踊もすこしは習ったらしい。

だから後年、食卓で歌舞伎が話題になって、ぼくが「勧進帳」の出だしの「旅の衣は篠懸《すずかけ》の……」と口にすると、あなたはすかさず「露けき袖や、しおるらん……」とつづけてくれた。感心したぼくが「もういちど長唄をやってみたら？」とけしかけても、「もう忘れちゃった」といっこうに興味をしめしてくれなかった。つい二、三年まえ、

いっしょに寄席にいったとき、色物に端唄《はうた》があって、それに耳をかたむけたあと「いいねえ、三味線買ってあげるから爪弾いてくれないかなあ、聴かせてよ、ぼくも都々逸くらいやってみるから」と口にしたら、「失礼しちゃうわね、あたし芸者じゃないのよ」とそっぽをむかれてしまった。

それはさておき、そんないささかの余裕もいつのまにか消えて、ぼくたちはあのひどい戦争を経験し、十五歳で敗戦をむかえた。ほんとうにあの戦争は地獄だった。

いまでもあの時代のことはよくおぼえている。ぼくの家は小学校四年のときに渋谷から下北沢に引っ越していて、どうやら焼け残ったが、仙台から「復員」したぼくはなんにもなくなった東京で、呆然とした日々をすごすようになった。通学するフリをして、じつは山手線であちこちを放浪し、ただ焼け跡を眺めて暗くなるまでぼんやりしていた日もあった。学業放棄である。

上野駅の地下道には、家も家族も失ったこどもたちがひどい体臭を放ちながら、折り重なるようにじっとしていた。なかにはあきらかに餓死とみえる死体もあった。そういう風景をぼくは黙ってみているだけだった。十五歳の少年には少年なりの虚脱状態があったのである。

ぼくがそんな状態でいたころ、あなたはもっと悲劇的な経験のなかで生きていた。あなたのご家族はごくふつうの山の手の中産階級だった。お父様は証券会社におつとめで、趣味は碁ひと筋。お母様は横浜生まれの「浜っこ」。お住まいは青山南町にあって、きょうだいは四人、兄上、姉上がひとりずつ、弟さんがひとり。典型的なサラリーマン家庭であった、と承知している。

その平和な家庭がたびかさなる空襲で完全に焼け出されてしまった。昭和二十（一九四五）年五月二十五日の空襲では青山あたりの被害がはげしく、いまでも表参道にある山陽堂書店では、店の内外でたくさんのひとびとが焼死した。何百人もの焼死体が折り重なって倒れていたその凄惨な情景がずっと目に焼き付いていて、ふと思い出すたびに気分が悪くなる、といってあなたはときどき目をつぶっていた。

「真っ黒な焼け焦げの死体があんなに山積みになっているなんて、いつまでたっても忘れられないわ、あのとき、お父さんが『こっちだ、こっち！』って手をひいて青山墓地のほうに逃げてくれたから助かったけど、明治神宮のほうに行ってたら、あたし、いま生きていたはずないわ」

この回想をぼくはなんべんきいたことか。

都心にでかけるとき、その山陽堂書店ビルのあたりをタクシーで通りかかると、あなたは必ず目を伏せて窓外の風景を見ることはなかった。そして「もう過ぎた？」と、完全に通過したことをたしかめてから、顔をあげるのであった。何十年たっても、あの現場を見るだけで心が引き裂かれる思いになるのだろう。あれがあなたの少女時代の原風景なのだった。ぼくたちの母校、青南小学校もあとかたなく焼け落ちていた。

　そのころ空襲で家を失った何十万人ものひとびとは「焼け出され」とよばれ、同情されながらも好奇の目で見られていた。なんの罪もなく一夜にしてすべてを失ったのだから、ことばではいいあらわすことのできない悲惨な状況に呆然として立ちつくしたにちがいない。ぼくの家がさいわい焼け残ったのとくらべれば、ぼくたちふたりの戦争経験には天と地のような「格差」があったのだ。

　戦後もう七十年以上たっているのに、ぼくにむかって、「『焼け出され』の経験なんてあなたにはわかりっこないわよ」となかば詰問するかのようにいうのがあなたの口癖だった。ふたりのあいだにある、この経験の溝をつくってしまった責任がどこにあるかといえば、無辜の市民を無差別に殺戮したアメリカ戦略空軍であり、さらにさかのぼれば、あの戦争をおっぱじめてしまった当時の国際情勢というものなのだろうが、そんなこと、いまさらいってもしょうがあるまい。

　でも凄惨な記憶が消えるはずはなかった。ぼくだって、家は焼け残ったものの、仙台でかなりひどい爆撃と銃撃、さらに艦砲射撃をうけ、生死のあいだをさまよった。それどころか、忘れもしないあの年の八月二日、帰京を許されて仙台から東京にむかう常磐線の列車でグラマン戦闘機の機銃掃射をうけた。銃弾は容赦なく窓ガラスを撃ち抜き、乗客は車体の下に潜り込んで銃撃を避けた。おどろくべき低空飛行で、パイロットの顔もはっきり見えた。迎撃してくれるはずの日本の陸海軍の戦闘機はどこにもいなかった。とっくに全滅にちかい状態だったのである。

　戦争の体験にちがいはあったが、ぼくとあなたは「前期戦後派」であると同時に、まず「後期戦中派」でもあったのだ。あの体験を「風化させるな」、「語り継げ」とみなさんおっしゃるが、そんなことできっこない。そもそも「体験」を「語る」ことはできないのである。いくらあの「体験」をことばにしてみたって、ああ、そうなの、たいへんだったんですねえ、といわれるのが関の山。ムダなことはやめたほうがよろしい。「後期戦中派」の一少年として、ぼくはそうおもっている。

4　めぐりあい

なにもかも焼けて消滅してしまったあなたのご家族は親類をたよって下北沢で間借り生活をはじめることになり、あなたは井の頭線で下北沢から母校の青山学院の女子専門学校に通学する女学生になっていた。

いっぽうぼくはといえば、なかば学業放棄にちかい中学時代をおくりながらも、大学受験に挑戦し、四年修了で東京商科大学予科、つまりいまの一橋大学に入学することができた。昭和二十三（一九四八）年の春のことだ。商大予科は小平にあった。井の頭線で吉祥寺から中央線に乗り換え、国分寺からこんどは多摩湖線というチンチン電車のようなのどかな電車で通学した。

そんなわけで、ぼくとあなたはおなじ井の頭線の下北沢駅のホームで偶然出会うというめぐりあわせになったのである。ある朝のこと、渋谷行きの電車を待っているあなたのすがたをみつけたぼくは、思い切って、

「失礼ですが、佐賀さんじゃありませんか？　青南の」

と声をかけた。

あなたは不審そうな顔で、

「ちがいます、わたしは村山です、青南ですけど」

とじっとぼくの顔をみながらいった。これはしくじった。佐賀さんというのは例の「品定め」のひとりで、あなたとは「いずれアヤメか、カキツバタ」の「美人」組だ。小学生の男の子には、それぞれ似たようにしか見えなかったから、名前なんかぼやけていたのである。ぼくはあわてて、

「失礼しました、加藤です、青南で同期でした」

と自己紹介した。あなたは、

「そうだろうと思いました、級長さんでしたね」

と答えてくれた。わずか二、三分のホームでの立ち話。やっぱり声はかけてみるもんだ、おたがい数年をへだてても小学生時代のおもかげがのこっていたのである。

でも、この反応にはびっくりした。こっちが「品定め」しているあいだ、「女組」でも男の子についてあれこれうわさばなしがあったらしい。なまじ級長などという役目に選任され、なにかにつけてクラスのことはもとより、同期生、さらに高学年になれば学

校ぜんたいのあれこれの行事で目立つようになっていたから、それなりの「知名度」があったのだろう。おたがい同年だから、この下北沢駅頭での「再会」のときはふたりとも十八歳。本格的な思春期である。

　そこから「おつきあい」がはじまった。といっても、顔をあわせるのは下北沢の駅、乗る電車も上り下り反対だったが、やがて会う時間が長くなって、あらかじめ打ち合わせてホームのベンチで三十分ちかくも語り合うようになっていた。ぼくはこの清楚でやわらかな感じの同年のこのひとに恋するようになった。

　あとできいたところによると、あなたのほうには言いよってくる男子学生は数知れず、ボーイフレンドは山ほどいたし、求婚されたことも二度や三度ではなかったという。

「あたし、ずいぶんモテたのよ、あなたを選んであげたんだから感謝しなさい」などといたずらっぽく軽口をとばしたこともしばしばだった。

　さもありなん、とぼくは思った。青山学院は大学、女子専門学校などがおなじ青山キャンパスに併設されていて男女共学。だからボーイフレンドがあなたのまわりにたくさんいてもふしぎではなかった。それにあなたは全学共通の「青山学院新聞」を編集発行する新聞部のメンバーだったから、仲間には男子学生がたくさんいた。

　じっさい結婚後も、「あたし、友達は男のほうが多かったのよ」といつもいっていたし、その男友達のグループに誘われて銀座の小料理屋で一夕をすごしたり、乗馬クラブで馬に乗ってきたりして、その経験をたのしそうに話してくれることもしばしばだった。その男友達の何人かにはぼくも紹介されて知り合いになった。「モテたのよ」というのはけっして誇張ではなかったのである。おそらくその男友達の何人かは、かつてぼくのライバルだったにちがいない。そう思うとなんだかこそばゆい気分になった。

それにくらべると旧制の商大というのは新制の「一橋大学」になってからはともかく、ほとんど男子専門。すくなくともぼくの学年には女子学生はひとりもいなかった。だからガールフレンドさがしには不自由であった。キャンパスの所在が近いから津田塾大学の学生、一橋用語では略して「ツダメチ」だの、荻窪の「トンジョ」すなわち東京女子大の学生などとおつきあいはあったけれど、どこかぎごちないところがあった。ぼくの指導教授の南博先生は日本女子大での教授を兼任なさっていて、ふたつの大学の合同ゼミというのを企画なさったので必然的に「ポンジョ」のお嬢さんたちとは気安くなったけれど、あんまり色恋沙汰にはならなかった。だから男女交際のチャンスということになると、あなたのほうが自然で、めぐまれていた、といってもいいだろう。

でも、そんなことはあとになってから気づいたことで、あの時期のぼくたちはぼんやりとした男女交際のなかでさまよっていたのである。たぶん、ぼくたちの世代の思春期といい、青春というのはそんなものだったのだろう。

それにしても、あの時代は貧しかったなあ。食べ物もなかったし、着るものだってありはしない。あなたはたしか襟にスクールカラーの緑色の三本線のはいった青山学院の制服を着ていたように記憶しているが、ぼくの上着などは幼年学校から払い下げてもらった軍服を母が苦労してどうにかジャケットふうに仕立ててくれたもの。とにかく貧乏であった。もっとも日本国民、とりわけ東京都民は全員が貧乏だったのだから、かえってサバサバした連帯感のようなものもあった。ぼくたちの青春は、そういう貧乏のどん底で花開いたのであった。

あなたが心臓の発作で入退院をくりかえすようになってからの晩年の食卓はおおむねぼくが用意していたが、ときに焼き魚を主菜に、カボチャの煮物を副菜にといった献立を用意すると、

「あら、煮物、ずいぶんじょうずになったじゃない、お味つけもいいし、ほっこりしておいしいわ、でも、カボチャをみると戦争中のことを思いだすわねえ。あのころはカボチャばっかり食べてたじゃない、うちでは茎までお味噌汁にしてたわよ、いまの若いひとにはわからないでしょうけど、あたしたち、ずいぶんヒドいものを食べていたんだわねえ」

あなたはしみじみとした口調で回想していた。

5　ストーカー時代

そんなふうに貧困と混乱のなかをさまよいながら、ぼくはあなたに特別な感情をもつようになっていた。

たぶん基本になっていたのは、おなじ東京の山の手の中産階級の家庭で育ち、しかもおなじ小学校でおなじ経験をともにしていた、という自然な共感であり、それが一種の安心感のようなものにつながっていたからだろう。だが、それだけではなかった。なにものにもかえがたい魅力があなたにはあった。

ぼくはどうしてもあなたが好きだった。聡明でハッキリとものをいい、そしてなによりも清潔感があった。もちろん美人で、勉強熱心。じじつ成績もよかったらしい。ぼくにはあなたが図録で知った浄瑠璃寺の吉祥天女のようにみえてきた。

いつしかぼくはいつもあなたのそばにいたい、と思うようになった。あなたもイヤではなかったらしい。やがて毎週のようにデートをかさねるようになった。待ち合わせの場所は渋谷の忠犬ハチ公銅像前。といってもあの銅像は駅の改修工事のたびに位置を転々としたから、ぼくたちはあの銅像がいちばんはじめにあった位置を「モトハチ」と名づけ、そこで待ち合わせをした。

二、三年まえのこと、お茶を飲みながらそのころのことを思い出して、

「渋谷だの下北沢だの、思い出の場所に半世紀ぶりにいちどセンチメンタル・ジャーニーをしてみようか？」

と口にしたら、

「行ってみてもいいけど、やたらに騒々しいだけなんじゃない？　道に迷うかもしれないし、若いひとばっかで、たぶんくたびれるわよ、やめときましょう、だいいち、モトハチの場所だっていまどこなのかわからないじゃない」

「そりゃそうだけど、ハチ公前でデートの待ち合わせ、って定番を六十年もむかしに開発したのは、ぼくたちだったんじゃないのかなあ？」

「それはそうかも」

あなたはそういったものの、結局この計画は実現しなかった。もう、あなたの体力は衰弱していて、雑踏に足を運ぶことが大儀になっていたのにちがいないし、行ってみたところで滄桑の変にため息をつくであろうことはわかりきっていた。

ところで、モトハチ前で若いころのぼくたちが会って、さて、どうするということもなかった。ただ、おしゃべりだけ。青臭い文学論もくりかえしていた。あなたは太宰治の熱烈な信奉者で、太宰の作品を耽読していた。ぼくはおなじ「無頼派」でも坂口安吾が好きで、文学趣味はまったく対照的だった。ぼくは太宰を弱々しい優柔不断な作家と思っていたし、あなたは坂口を粗野で乱暴な人間だときめつけていた。いまふりかえると恥ずかしいような聞きかじりの幼稚な議論だったけれど、あのころの二十歳前後の青年男女はそんな文学論に熱をいれていたのである。まだ出版事情はよくなかったものの、文芸雑誌の回し読みもしていた。あなたの書棚に残されている『太宰治全集』の奥付には昭和二十三年、『岩波講座・文学』は二十八年という刊行年が見える。かなり背伸びしていたようだ。

　そのころの渋谷駅の近辺にはまだ「西郷山」という森もあったし、明治神宮周辺や外苑の緑地など、静かな場所がいくらもあった。ふたりでそぞろ歩きするにはこと欠かない。ときには東横線で多摩川の河川敷の芝生まで足をのばしたりもした。渋谷のいま西武百貨店のあるあたりに、「ブルーエ」という喫茶店があって、そこにもよくいった。にこやかにコーヒーをはこんでくれていたきれいなウエイトレスが渡辺美佐子さんの俳優座時代のアルバイトだった、ということはあとになって知ったが、そんなことはどうでもいい。とにかく、しょっちゅう会ってとりとめもない会話を交わしては、あなたに夢中になっていった。

　陳腐なようだが、恋する人間というものは、会って、他愛のないおしゃべりをして、「さようなら」といって別れた瞬間に、また会いたくなる。やがてぼくはあなたのあとを追いかけることに夢中な青年になっていた。どこにでもついていった。あなたの住まいはやがて下北沢から祐天寺に移動した。いくら戦災者でも、そんなにながいあいだ親類の家に間借りというわけにもゆかなかったのだろう。あなたは井の頭線沿線ではなく東横線沿線に引っ越してしまったのだ。

　それでも、ぼくはしつこくあなたのあとをつけていた。あなたのゆくところ、どこにでもぼくは出没して、くっついていった。ときには夕暮れの祐天寺駅で待ち構え、ご自宅のまえまでついていった。それでも、あなたは歩きながらはなしに応じてくれたので、あなたもぼくのことをそんなに迷惑とはおもっていなかったようである。

　その青春から六十年、時代が「平成」になって「ストーカー」という新語が出現してから、そのころの甘酸っぱい思い出をふと食卓で話題にして、「いまのことばでいうと、ぼくはストーカーだったんだなあ」といったら、あなたは、そうよ、しつっこかったわね、と笑った。

「迷惑だっただろ？」
「そんなことないわ、だっておとなしかったし、好きだったもん」
と笑いながらぼくにやわらかい視線を送った。そうだったのか、おたがいだったんだね、とこの老夫婦は半世紀以上むかしのそれぞれのすがたを追憶しながら顔を見つめ合った。

おかしなことに、思春期に身についたストーカー癖は老人になっても継続した。ぼくはあなたがブラウスだのセーターだのを買うときには、いつも婦人服売り場にいっしょについていって、見立てを手伝っていた。「どう？　これあたしに似合うかしら、ちょっと派手じゃないかしら？」などと意見をもとめられることがふつうになっていたのである。売り場の店員は、「ご主人がごいっしょにいらっしゃるなんて、奥様、おしあわせですね」となかば呆れ、なかばお世辞をいってくれた。

たしかに九十にもなるオジイサンが婦人服売り場でウロウロしてオバアサンのブラウスを吟味している、などというのは珍奇な風景だったにちがいないが、なにしろ学生時代からすり込まれた筋金入りのストーカーなんだから、ぼくたちにとってはそれがちっともふしぎなことではなかったのだ。

6　ポッカリ月が出ましたら

とはいえ、ぼくたちは、ふたりっきりでデートをかさねていたわけではなかった。たがいの友人たちがグループになって、若い男女混合の集団行動をすることもすくなくなかった。

とりわけぼくは、学生時代の大部分を大学の「一橋新聞」の部員としてすごし、さきほど紹介したように、あなたも青山学院の新聞部で編集にたずさわっていたから興味、関心に共通することがあって、それぞれの部員がグループで友人になった。おたがい印刷所に通って学生新聞をつくっていたので、ゲラだの大組だの、インテルなどといった旧式活版印刷の用語なども共有していた。ふたりとも新聞というメディアに興味をもち、ヘタはヘタなりに取材をしたり記事を書いたりすることが好きだったのである。

そんなご縁で両新聞部やら、その取り巻きやら、さらに類は友をよんで、トンジョやポンジョの女子学生やら、なにがなんだかわからない不定形な集団ができて「お友だち」サークルが出現した。いまでいう「合コン」グループの誕生である。昭和二十六（一九五一）年ころのことだった。あの貧しい時代にもそういうささやかな青春はあったのだ。

その仲間十人ほどで山中湖に合宿したことがあった。戦前のお金持ちがもっていた貸別荘を借りて、自炊してたのしい一週間ほどをすごしたのである。

おぼろげな記憶をたどってみると、あれはだれかが『ドイツ・イデオロギー』の読書会をやろう、というもっともらしい理屈で合宿を提案し、みんながそれに賛同して山中湖まで遠征したものだったようである。すこしは勉強もしたが、だんだん飽きてきて、当時流行のロシア民謡を歌ったり、ポーカーをはじめたり、六歌仙を気取って俳諧のまねごとをしたり、挙げ句の果てには正体不明の焼酎のような酒を飲んだり、自由といえば自由だが、なんともいいかげんな「読書会」であった。

もちろん「合コン」とはいいながらも、それは暗黙のうちに認めあったカップルが幾組かあつまっての集合体。だからそれぞれ男女が連れ合って自由に行動していた。ぼくたちも当然そのひと組。

滞在中のある晩、山中湖でぼくは貸しボートにあなたを誘い出してオールを漕いだ。しずかな湖面に月影がくだけた。えらくロマンチックな経験だった。そのボートにゆら

れながら、あなたは「ねえ、こんなの知ってる?」といって、

「ポッカリ月が出ましたら、
舟を浮べて出掛けませう。
波はヒタヒタ打つでせう、
風も少しはあるでせう。
………」

ゆっくり、よどみなく暗誦した。あなたは新体詩が好きで、藤村の『若菜集』などはほとんど頭のなかにはいっていたし、あなたの書棚のいちばん上には昭和二十三(一九四八)年刊の『藤村詩集』が置かれていた。あの一冊は十八歳の少女の情感に訴えていたにちがいない。晩年になっても岩波のワイド版の『藤村詩抄』を手ばなすことなく、ときどき、その一節を口ずさんでいた。だからこの中原中也の「湖上」という詩も暗誦できていたのだろう。あの晩、山中湖で月の白い光にてらされながら、ぼくはなんだか夢をみているような恍惚感にひたった。

新体詩だけではない。あなたは散文より詩が好きだった。折口信夫全集全三十一巻が

刊行されたのは一九六五年からだったが、あのなかで『万葉集辞典』をはじめとする「万葉集」関係の三冊は、配本されてくると目ざとくみつけ、「これ、あたしの部屋に持っていい?」といって、さっさとじぶんの部屋にはこんで、折にふれ、ひもといていたようである。

「日本語ってすばらしいわね、こんなに古いことばがちゃんといまでも読めるんだもん。だいいち、ことばがきれいじゃない、このごろの小説なんかより万葉集のほうがずっと新鮮だわ」

そういって、好きな歌を口ずさんだりしていた。太宰をこよなく愛したのも、たぶんかれのなかにある叙情的な文章のスタイルに惹かれていたからなのだろう、とぼくはひそかに思った。

あの「血のメーデー」は、このストーカー時代の最中のできごとであった。ぼくはいっぽうでは山中湖でボートあそびをしながら、他方ではマルクス主義にかぶれ、共産党に惹かれて武力闘争にも首をつっこんでいた。ふりかえってみると、なんともわけのわからない日々だったけれども、そんなごちゃまぜの人生になんの矛盾も感じなかった。戦後の日本はどうやら飢餓からは脱出したものの、まだまだ世情は不安定で、ときに殺伐としていたが、みんな、それぞれの持ち場で必死になってはたらいていた。一所懸命だった。貧乏だったけれど、さわやかな時代だった。ぼくたち昭和一ケタの人間の青春は、そんなふうにしてすぎていったのである。

それから幾星霜。たしか米寿の年の秋、「きょうはお月様がキレイよ、みてごらんなさい」という声にひかれて、いわれるままに台所にいって天窓をみあげると、たしかに雲ひとつない中空に浮かぶ満月の光が皎々と差しこんでいた。どちらからともなく「電気を消してみましょうか」と室内の電灯のスイッチを切ったら、たちまち月明かりがそこらに充満した。

ぼくがふと、

「あの山中湖のボートのこと、おぼえている？」

といったら、

「あら、ふしぎだわね、あたしもいまおんなじことをかんがえていたのよ、あんなこともあったのねえ、なつかしいわ」

あなたははずんだ声でいった。月光のなかのあなたの横顔に七十年まえのおもかげがよみがえった。

7　それぞれの歩み

山中湖行き、さらに「血のメーデー」事件以後、ストーカー行為はさらに頻繁となっていった。もうツダメチもトンジョもポンジョもすっかりわすれて、ぼくはあなたのあとをおっかけていた。あれは狂気としかいいようがないが、あんなに人間の感情が燃えるものとは信じられないほどにぼくの心は荒れ狂っていた。

まえにふれたように、あなたは旧制の青山学院女子専門学校英文科を卒業するとすぐに就職した。東京都の教員採用試験に合格して中学校の英語教師になったのである。よほど成績もよかったのだろうし、教師としてはとても熱心で、親切で、そしてきびしい先生だった、とこれはあとになって「元生徒」たちからきいた。あなたはみごとな「社会人」になっていたのである。

それにひきかえ、ぼくのほうはいっこうに進路もさだまらなかった。大学ではあんまり勉強もせず、新聞部の部室に入り浸りで毎日をすごし、学期末試験などもイイカゲンにすませていたくせに、もっと勉強したい、という向学心だけはあったようだ。いやひょっとすると、それは口実で、もうしばらく学生身分のままでいたい、というモラトリアム精神が深層にあったのかもしれない。

だから研究科、つまり大学院に進学することに決心した。問題は学費と将来設計だが、そのころの大学院には毎年、ひとりかふたりに与えられる特別研究生、略して「特研生」という制度があり、それに採用されると助手なみの奨学金が支給され、その成績がよければ、数年後に助手、助教授、教授というエスカレーター式の昇進が無言のうちに約束されていた。ぼくはそれを狙ったのである。

だが結果は落第であった。それはあたりまえのことで、商大といえば経済学中心の伝統ある単科大学。その正道を歩むことなく、社会心理学などというあやしげな卒業論文を書いた人間が「特研生」に選抜されるはずがなかった。たぶん、ぼくの名前なんかさいしょから候補にもあがっていなかったにちがいない。

そんなわけで、気がついてみるとぼくはまったく無職の院生になっていた。ある私立の女子商業高校の非常勤講師の口がある、と紹介してくれた先輩がいた。給料は安かったが、非常勤なら責任もないし、自由時間はたっぷりある。ぼくは女子高校生を相手にもっともらしい授業をしていた。なにしろ「商科大学」の卒業生なのだから担当科目は

「簿記」、ところがまったく成績のわるい「商大生」だったからアヤフヤな授業であった。そのほかアルバイトはずいぶんいろんなことをしたが、そんなことはこのさい問題ではない。問題はあなたがスイスイと優等生コースを歩んでいるのに、ぼくがまったく不安定な身分のままのたよりない存在であったことにあった。

こんなにおたがいの人生が変化してくると、ストーカー行為をつづけてみても将来の可能性なんか、どこにもみえてこなかった。いくら「血のメーデー」での奇跡的な経験に打たれて結婚を決意し、おたがいその気になっていたって、安定した中学校教諭と無職同然の院生ではどうにも釣り合いがとれないではないか。ぼくは暗澹たる気分のなかで暮らしていた。

そんなぼくの不安定な状態をみながら、あなたは、

「いずれいいことがあるでしょ、好きなようにしたらいいわ、あたし、待ってるから」

といってくれた。

おもえば、あなたはいつも、「好きなようにしたら」といってぼくを勇気づけてくれた。そのことばは結婚生活六十五年にわたってぼくたちの生活をつらぬくライトモチーフだったような気がする。ぼくが自由気ままに勤務先を転々とし、国内外を走り回ってくることができたのも、あの「好きなようにしたら。あたしついてくから」という定型

文がぼくの耳元でいつもひびいていたからなのだった。この定型文がなかったら、ぼくはたぶん、人生のどこかで観念して「定住」してしまっていたにちがいない。

それだけではない。あなたはいつもぼくの職業生活にも興味をもってくれていた。ぼくが将来は学問の世界で生きようとしていることは理解していたものの、そうであればあるほど、ぼくが勉強している「社会学」というものがどんな学問なのか知りたがっていた。

ぼくが抱えている本の表題に目をむけながら、「ねえ、社会学ってなにをするの？」と正面からいわれたときには答えに窮した。率直におもいつくまま、

「まだよくわかんないけど、世間話と常識にカミシモを着せたようなもんなんじゃないのかなあ？　とにかく、あちこち、現地調査で勉強しなきゃならないから、どっか大学に就職できたら、ほうぼうの村にでかけて、話をきいてまわろうと思ってる」

とイイカゲンなことをいって、その場をしのいだつもりだったが、あなたは「へえ、おもしろそうじゃない、あたしも勉強してみようかしら」と目をかがやかせた。

そんなことがあったせいか、結婚後しばらくして岩手県の北上山地の現地調査のときに、あなたはぼくに同行することになった。「いっしょにいってみるかい？」と声をかけたら、「いきたいわ、あたし、東北ってぜんぜん知らないもの」と浮き浮きした口調

でついてきてくれたのである。

　その調査旅行では遠野市内の旅館がベースキャンプだったが、営林署のトロッコに乗せてもらって、早池《はやち》峰《ね》の麓の人里離れた村の宿屋に泊まったことがあった。「商人御宿」という看板のかかった民家である。いまのことばでいえば「民宿」だ。ぼくはこういう村の宿をなんべんも経験していたが、あなたにとってはおどろきの連続だった。

　なにしろ民宿といっても、たいそうなものではない。ごくふつうの農家の別棟といった感じで、はいったところはタバコや雑貨をあつかうよろず屋。そして二階の八畳間ふたつがフスマで仕切られているだけ。ふとんなど寝具は押し入れにはいっていて、その出し入れは客がそれぞれ勝手にする。一階には洗面所、風呂などがあるが、食事はイロリを切った母屋での家庭料理。宿屋というよりは簡易宿泊所といったほうがいい。

　なにしろ部屋はふたつしかないから、宿泊客が二組ならそれぞれ個室を確保することができるけれど、それ以上になると相部屋である。そういうときにはフスマを取り払って全員が雑魚寝。横になって天井を見上げると木組みはゆがんでいるし、壁にはホコリだらけの扁額やカレンダーが無造作にかかっている。いまでもおぼえているが、あのときは呉服の行商人、富山の薬売りなど三人ほどの商人と、どういうわけか皿回しの旅芸人と泊まりあわせた。食事をすませてからは酒を酌みかわしての世間話。行商人というのは全国あちこちを旅しているから話題は絶えることなく、ぼくには勉強になった。みんな中高年の苦労人、といった感じである。

　そうしたら突如、余興に皿回しがはじまった。その芸人は年のころ四十代なかばの小柄な痩せ型の男。商売柄、身のこなしはしっかりしていて、日焼けした顔にはプロの誇りをしめすかのような精悍さがあった。

　皿回し芸は一枚の皿からはじまって、数枚にふえ、やがて両手に竿をもっての妙技。同宿の客がそろって拍手喝采したのだが、その芸人が、「そこのお嬢ちゃん、いや奥さんだね、教えてあげるからこっちにおいで」といって、あなたを引っ張りだして皿回しの手ほどきをはじめたのである。若い女だから目をつけられたのだろう。あなたはイヤ、イヤ、と首を横にふったが、なにしろ客商売の芸人の話芸に太刀打ちできるはずもない。衆人環視のなかで当惑しながら皿回しの練習をさせられるハメになった。でも手に手をとっての指導をうけて、どうにか一枚回すことに成功した。それをみて座敷はさらににぎやかになって、あなたは同宿の客たちから、あたたかい視線とやんややんやの声援を浴びることになった。

　あのとき、あなたはぼくのほうをみて、「どうしたらいいの？」といったような表情をみせたが、ぼくはなにもいわず、なにもせず傍観していた。もしもあなたが徹底抗戦をすれば座がシラケるであろうことはわかっていたし、あなたがどう反応するかもみていたかったからである。

翌日やっとふたりきりになったとき、「あんな恥ずかしいことはなかったわ、どうして助けてくれなかったの？　でも忘れられないわ」。ちょっとうらめしそうな顔をしてから、「みんないいひとたちだったわね」とにっこりした。「そうかい、それなら社会学者の女房の資格充分」とぼくが答えたら、あなたは「あら、社会学って皿回しもしなきゃいけないの？」と大笑いした。そんなすがたをぼくはあらためて頼もしくおもった。

8　家庭の事情

皿回しのことは後日のはなし。ふたたび結婚まえのことにもどる。そもそも「結婚」ということばを口にするのは簡単だが、いざ、それを現実にするためにはずいぶんいろんな問題があった。

まず第一は、それぞれの家族からの承認。ぼくがあなたのご両親から許諾をうけるのにはたいした問題はなかった。ぼくはあなたの祐天寺の仮住まいのお宅を何回か訪問して、ご両親ともおはなしをしていたし、それとなくあなたのご家族はふたりがいっしょになるのだろう、と予想しておられたように思えた。お父様は証券マンだけあって、商大ならだいじょうぶ、と安心してあなたをぼくに託することを許しておられたようである。

だが、問題はぼくの家族だった。明治三十四（一九〇一）年生まれの父は北海道開拓の屯田兵の二代目の農家の長男であった。陸軍幼年学校の入学試験に合格し、十三歳で上京して幼年学校、士官学校を卒業し、陸軍大学校に進学したあと、こんどはその陸大の教官もつとめた。常備軍に配属された期間はほとんどなく、三十歳のころにはフィンランド日本大使館の駐在武官になり、北欧三ヶ国を中心にヨーロッパで何年かを生活し、帰国後はしばらく関東軍の情報将校をつとめたあと、おおむね参謀本部に勤務していた。だから職業軍人といっても、「武官」というよりはどちらかといえば「文官」にちかかった。

その前途有為の青年士官にぼくの母の父、つまり母方の祖父が目をつけてお見合い結婚ということになったらしい。そこらあたりのことは推測にすぎないが、まあ、そんなところだったのだろう。その祖父みずからも日露戦争のときには将校として戦闘を指揮していたらしいから、退役軍人として悠々自適の身分。ぼくにはやさしい祖父だったけれど、表札には「熊本県士族」という肩書きをつけていたほど誇り高き老人だった。

その娘として生まれたぼくの母は、そんな事情もあってしっかりしたひとだった。それにエリート将校の妻として二十代後半をヨーロッパで暮らした経験もあったから外国語も達者だったし、クラシック音楽を愛していた。

そんな暮らしが敗戦と同時に目のまえでガタガタと音をたてて崩壊したのだから、その心中は想像できないほど複雑だったろうとおもう。戦争がはじまるまでは、父の収入も平均的中産階級なみだったようだから、暮らしに不自由はなかった。それが突如、無職になり、いろいろなしごとに手をだしたがしょせん「士族の商法」で、やがて完全に無収入になっていた。

だから、ぼくにたいする母の期待もすっかり変化した。越境入学までさせて青南小学校にいれ、中学、幼年学校、と順調に進学したぼくを母は満足げに見守ってくれていた。しかし、敗戦ですっかり事情はかわった。陸軍将校になるはずだった息子は中学に復学したものの、食糧の買い出しだの、アルバイトだのに追いまわされ、大学に合格したはいいが共産党の周辺をうろつくようになったり、いったいどうなってゆくのか、ぼくの将来についてずいぶん頭を痛めたにちがいない。それが二十歳前後の反抗期とかさなっていたこともあって、ぼくと母との関係はけっして良好ではなかった。

そんな時期に、ぼくはあなたのことを母に話した。いや、話したかどうかも記憶していない。母親の本能でぼくの恋愛沙汰をかぎつけたのかもしれない。

「いちど、そのお嬢さんに会わせて」と母がいいだして、ぼくはあなたを紹介した。父もいっしょだった。あなたを駅まで送って家にもどると、母は「かわいい子だわね」と、ひとことといった。「でもまだ若いんだから、ほかにもいい縁談があるわよ、急いじゃダメよ」とつけくわえるのを忘れなかった。

そんなやりきれない気分に追いつめられていたある日、ぼくに転機がおとずれた。それは卒業してまもなく、大学の掲示板にひっそりと貼られていた一枚の求人広告である。そこには京都大学人文科学研究所からの「助手採用公募」と書かれていたのだ。

ぼくの心はときめいた。それというのも、あれこれのアルバイトのなかで、もっとも知的でたのしかったのが「思想の科学研究会」という団体の機関誌「思想の科学」編集のお手伝いで、その雑誌の実質的編集長は鶴見俊輔さん、そしてぼくより五年ほど年長の多田道太郎さんが副編集長格で活躍なさっていたからだ。鶴見さんは京大人文研の助教授、多田さんは助手だった。おふたりともふだんは京都在住だったけれども、研究会のしごともあって毎週のように京都と東京を往復しておられ、そのたびにぼくはいろいろと教えられていたのである。このおふたりに共通していたのは東京のアカデミズムからはまったくかけ離れた自由な発想であり、そのことにいつも敬服していたし、「人文科学研究所」という名前にはしたしみとあこがれをもっていた。

いずれにせよ、ぼくはこの助手の公募試験に運よく合格し、京都大学人文科学研究所（略称「人文」）に就職することになった。すこしのためらいもなかった。ぼくは欣喜雀躍して京都に赴任することにした。あなたは、不安そうな表情をうかべて、

「そう？　でもときどき東京に会いにきてくれるわね」

「もちろん」

とぼくは答えたが、それにもまして就職できたことがうれしかった。あなたとのデートの頻度は落ちてしまうけれど、ぼくたちの将来にひと筋の光明がみえたような気がしたからである。前途洋々、などとはおもわなかったが、やっとひとなみに職業人になり、これからもどうにか生きてゆけるだろう、というよろこびがうまれた。

「よかったわね、京都は遠いけど」

といってあなたも祝福してくれた。

9　いきなりハーバード

そんなふうにしてぼくの京都での生活がはじまったが、「思想の科学」の編集というアルバイトはつづいていたから、毎月二、三回は上京してそのたんびにあなたとデートをかさねることができた。

とはいえ新幹線以前の国鉄だから、往復夜行列車で東京滞在実質一日、という強行軍。したがって待ち合わせは「モトハチ」で、というわけにはゆかず、あなたに新橋や東京駅まで足をはこんでもらうこともすくなくはなかった。そのわずかな時間がとても貴重なものにおもえた。

ぼくの就職がきまったので、いずれは、という期待はあったが、そんなことはまだ先のこと。もうすこしおたがい安定してから、という暗黙の約束のようなものがあった。なにしろまだ二十三歳である。だが、そんな気分でいたぼくたちは、これからのべるような事情で急遽結婚することになった。

ぼくは京都大学人文科学研究所の助手に任用されて「文部教官」という国家公務員のハシクレになったが、そこに一年もいたかいないかで、こんどはハーバード大学の「国際夏期セミナー」というのに応募し、これも奇跡的に合格して思いもかけず太平洋をわたることになった。昭和二十九（一九五四）年のことである。

セミナーの期間は八週間ということで、人文の先生がたは、「そりゃよかった、どっちみち夏休みなんだから、いい勉強をしてきなさい」と口々におっしゃってぼくに「海外出張」の許可をくださった。まだ日本は実質的にアメリカの支配下のころのことで、経済的に自立してはいなかったし、海外渡航にもきびしい制限があったが、「必要な経費はみんなハーバードがもつ」という条件だったからアメリカにゆくことができた。たいへんに例外的かつ名誉なことであった。

あなたは見送りに羽田まできてくれた。ぼくの家族といっしょだったから、そのころまでにどうにか暗黙の了解はついていたのだろう。

そのとき、あなたは「これもってって」といって、手づくりのちいさな馬のぬいぐるみをぼくの手ににぎらせてくれた。ふたりともウマ年の生まれだからだろう。ぬいぐるみの裏にはあなたの名前と日付けがペン書きでしるされている。「オンマチャン」という愛称でぼくたちだけに通ずるこのぬいぐるみは、その後ずっとぼくのそばにいる。なにしろたいへんな年代もので、ほころびもでてきたから、いまはケースにいれてだいじにしている。死んだらこの「オンマチャン」をいっしょに棺桶にいれるように家族には言い残してある。これはぼくの唯一無二のだいじなマスコットなのだ。

それはさておき、いったんハーバードのセミナーに参加したらアメリカという国にすっかり魅了されてしまった。大学での知的刺激もさることながら、この国と文化がおもしろくてたまらなくなった。そんなぼくに、「よかったらあと一年ほどアメリカで研究したらどうかね」と声をかけてくれたハーバードの助教授がいた。このセミナーを企画した人物でその名をヘンリー・キッシンジャーといった。ぼくは即座に「イエス」と答えた。やがてキッシンジャー助教授は「話はきまった、明日にでもニューヨークにいってきなさい」といって鉄道のキップとマンハッタンにある訪問先の地図と電話番号のメモを手渡してくれた。

ニューヨークでの訪問先はロックフェラー財団である。担当者の名前はすっかりわすれてしまったが、たいへん知的で愛想のいい女性だった。

「よかったわね、さあ、これが今月分、来月からは郵送するわ」

とほほえみながら一枚の小切手をぼくのまえに差し出してくれた。そこには３００ドルという金額が印字されていた。

だが、そうなってみると、なによりも気になるのはあなたのことだった。「二ヶ月ほどいってくるよ」といって渡米しただけなのに、いきなり滞在を大幅に延期してしまったのだから、これはたいへんなことだ。ぼくは思い切ってあなたをアメリカによび、ここで結婚しよう、と無謀なことをかんがえ、そのことをキッシンジャー先生に相談すると、「それじゃ、どうにかかんがえよう」とあなたをボストンまで呼び寄せる手段や手続きをととのえてくれた。ぼくも若かったが、のちアメリカ合衆国国務長官という要職についたキッシンジャー先生も若かった。親身になってぼくたちのことを気づかってくださったのである。

　ここで結婚しようと決心した理由の第一はもちろん「あなたといっしょにいたい」という熱烈な願望だったが、それとならんで、どっちみち結婚するなら、一生涯にわたってわかちあえるような共通経験をここ、アメリカではじめたい、とかんがえたからだ。あの時代に立ちもどってみれば、アメリカで暮らすなどということは万が一にもありえないような僥倖であり、貴重な経験であった。その経験をあなたにもしてほしかった。いや、その共通経験こそがぼくたちの生活の根っこになるにちがいない、とぼくは信じた。貧乏は覚悟のうえ。でも将来、ボストンではこうだったねえ、とおたがい話しあえるような関係をここでつくっておきたかったのである。

ぼくはそのすべての事情をあなたと双方の両親に宛てて手紙で説明し、正式に求婚した。あなたは手紙をうけとるとすぐにお母様といっしょにぼくの家を訪ね、日本での婚姻手続きを済ませてボストンまでひとりで来てくれることになった。戸籍謄本をみるとあなたが婚姻届を提出したのは昭和二十九（一九五四）年九月二十四日、ということになっている。ずいぶん身勝手で、めちゃくちゃなはなしだった。そのころのことが話題にのぼると、

「ほんとにあなたはヒドいひとだったわね、めんどうなことはぜんぶあたしに押しつけて……」

そういって、いつもあなたは笑っていた。どうやらぼくの母は、そうと決まったらしかたがない、と観念したらしかった。それなら、というのであなたを連れて「うちの嫁です」といって親戚の家を軒並み訪ねて紹介したそうだ。あなたはさぞかし神経をつかったにちがいない。

休む間もなく次は渡米手続きということになったが、それがたいへん。ぼくはハーバードまで先方負担の飛行機のキップをもらっていたが、あなたのばあいは外貨の使用がきびしく制限されていた時代とあって、横浜から阿蘇《あそ》春丸《はるまる》という一万トンたらずの日本船籍の貨客船で二週間かけてロサンゼルスに入港し、そのあとは飛行機をアトランタだ

かシカゴだかで乗り継いでボストンまでくることになった。大旅行である。
阿蘇春丸というのは戦後日本の国際貿易を活性化させるために第二次造船計画で急遽つくられた商船で、積み荷の大部分は日本製の雑貨類だった、ときいた。その船に客室があって、合計わずか三人の旅客もはこんだ。いちばん安上がりの旅行で、あなたはそのひとりだった。

一九五〇年代はじめといえば、まだジェット旅客機もなかったし、国際電話などという便利なものも庶民生活とは無縁であった。いったい、どんな方法でおたがい連絡をとりあっていたのか、さっぱり思いだすことができないが、とにかくぼくはあなたが到着する飛行機の便名を知って、心ときめかせてボストン空港まで迎えにいった。

やがて飛行機が着陸した。ゲートがひらいて、旅客がロビーにはいってきた。そのなかにあなたの顔がみえた。あなたもぼくを見つけた。おたがい駆け寄った。あなたはまるで体当たりをするようなスピードでぼくの胸に飛び込んできた。ぼくはそれを力いっぱいこたえて受けとめたが、あんまりあなたの体当たりが強烈だったから足がよろけた。「会いたかった」とあなたはいった。「ぼくだってそうだよ」と答えた。あなたの目は涙でいっぱいだった。あの若いころの瞬間をぼくは九十歳になったいまも、ついさっきのできごとだったように鮮明に記憶している。あの瞬間がぼくたちの「結婚」だったのである。

それにしても、あなたというひとは強いひとだったなあ。だって、あのころ、若い女がひとりで二週間もかけて退屈、というより不安な船旅をつづけて見知らぬ異国にきて、船から空港まで自力で移動し、西海岸から東海岸のボストンまでこうしてちゃんときてくれたのである。「あのときの緊張は一生忘れられないわ」とあなたはときどき思いだしていた。

いまのようにだれでもが気軽に海外旅行できた時代ではない。日本はまだ実質的にアメリカの属国なみだった。アメリカにゆく、ということじたいがたいへんなことで、アメリカ人のなかには日本人を敵視するひとだってたくさんいたし、意地悪をされることもあった。それを承知のうえで、この冒険旅行にあえて正面から向かい合ったのである。ほんとうに強いひとだった。

ハーバード大学はボストンからチャールズ川をへだてた対岸の都市、ケンブリッジにある。ぼくはその町のハーバード・ストリート三二四番地でアパート暮らしをしていた。アパートといってもふつうの民家の屋根裏部屋。家主はポンテさんというポルトガルからの移民一世で、造船工場を退職したあと奥さんとのふたり暮らしだった。つつましい二階建ての家で静かに暮らし、屋根裏部屋を貸して収入の一部にしていた。広さはぜんぶで五十平米くらいだったろうか、屋根裏だから天井は傾斜していて、けっして使いやすいとはいえなかったが、毎月の家賃は六十ドル。大学院生夫婦の住まいとしては相場だった。

あなたをボストン空港で迎えたのは晩秋で、空気は身を切るほど冷たかったが、この屋根裏部屋はスチーム暖房で汗をかくほどあたたかかった。

「ああ、あったかい。あたしたち、ここに住むのね」とあなたは部屋をみまわしながらいった。せまい空間だが片隅にはちいさな台所があり、中古ながら電気冷蔵庫もあった。その冷蔵庫のなかに、ぼくは冷凍のチキン・パイをふたついれておいた。それがぼくたちのさいしょの夕食だった。

あなたがケンブリッジに着いてまもなく、クリスマス休暇のある日、ビング・クロスビー主演の映画「ホワイト・クリスマス」をみにいこう、といってぼくたちはボストンの映画館まででかけた。いまでもクリスマスの時期になるとしばしば再放送される名作である。映画のラスト・シーンは雪のしずかに積もる銀世界なのだが、「いい映画だったわねえ」といって映画館のそとにでたら、なんとホンモノの粉雪が舞っていた。

「映画そっくりじゃない」

あなたはちょっと興奮気味に、

「よかったわねえ、すこし歩かない？」

「寒くないかい、じゃ、歩こう」

ぼくたちはチャールズ川にかかる橋を歩いてケンブリッジにもどった。粉雪がしずかにぼくたちにひらひらと降りそそいでいた。

その原体験が記憶のなかにかがやいていたから、最晩年になってもこの老夫婦は、雪がちらつく日には、「ボストンを思いだすわ」「そうだねえ」といって雪化粧をする我が家の庭をながめながら「ホワイト・クリスマス」を合唱していた。それほどに、なにもかもふくめて、ぼくたちのボストンでの新婚生活は刺激と興奮にみちていた。貧乏だったけれど、最低の暮らしをじゅうぶんにたのしむことができたのである。やっぱりあの若さで、アメリカで結婚したのはよかった。

10　「ミス」から「マム」へ

毎日は充実していてたのしかったが、たいへんな貧乏だったから、ハーバード時代は徹底的な倹約第一。saveという動詞がアメリカでは「救助する」という意味よりも「倹約する」という意味で使用されることが多いということに、あなたは「これ、はじめて知ったわ」と感心していた。

さらにbudgetということばが国家財政といったおおげさなものではなく、計画的家計のことを意味することも学んだ。貧乏だったことが最大の原因だったけれど、倹約に倹約をかさねてじょうずに家計をやりくりすることが生活の基本だということを、結婚と同時に教えられたのだ。

買い物をすることにも「予算」と「倹約」をつねに念頭においていた。だから着るものや台所の什器などは家主のポンテさんに教えられて、すべてを救世軍のバザーで買った。あなたの冬のコートも、ぼくのジャケットも、ふたりの靴も、ぜんぶ救世軍。おおむね新品の一割ほどの値段だった。なかにはタダというのもあった。それだけお世話になったのだから、帰国後のぼくたちは着古した衣料品はことごとく日本の救世軍に寄付することを習慣にしてきたし、クリスマスのころ街頭で募金活動をする救世軍の「社会鍋」にはかならず千円札をいれるのが習慣になっていた。あなたの遺品になった服やセーターなども、すべてクリーニングにだしてきれいにしてから救世軍のバザーに送った。

　その当時のケンブリッジの町にはハーバード以外にも、マサチューセッツ工科大学（ＭＩＴ）、それに女子大学の名門ラッドクリフがあって、学生たちが人口のかなりの部分を占めていたから、商店もレストランも若い男女でいっぱいだった。大学院生のなかには既婚者がかなりいたし、ぼくたちもその仲間だったけれど、おおむね単身の若者たちばかりで、若い女性はだいたい「ミス」と呼びかけられた。たとえばあなたが街角でホットドッグを買うと屋台のオジサンはにっこりほほえみながら「サンキュー、ミス」といったぐあいに。そばにいるぼくはボーイフレンドということになるのだろう。あなたは結婚後もしばらくはどこにいってもまだ「ミス」だった。

　そんなこと、べつだん気にしていなかったが、「いくら貧乏でもいちどくらいゼイタクをしてみよう」とボストンのレストランにはいって、ふたりでメニューをみながら相談していたら、愛想いっぱいのウエイターがあなたにむかって、「ご注文はおきまりでしょうか?」といいながら語尾に「マム」ということばをつかった。ぼくたちはびっくりした。あなたはここではじめて「マム」つまり既婚婦人をよぶ「マダム」として取りあつかわれたのである。

「へえ、『マム』だってさあ、どうしてわかるんだろう?」といったら、「さあ、こういう商売のひとはカンでわかるんじゃないの、だんだん夫婦らしくみえてきてるんでしょ、でもイヤだわ、『マム』なんてショックよ」といってあなたはなかば複雑な表情をうかべながらもうれしそうだった。あのレストランが「マム」のはじまりであり、社会的認知をうけた「主婦」のはじまりであった。

「マム」すなわち「ミセス」が本格化したのはボストンからシカゴに移住して、こんどは既婚の院生専用の住宅に入居することになってからである。住宅といっても、俗に「カマボコ兵舎」というアメリカ軍の仮設住宅の払い下げを転用したもので、一棟を壁で仕切って二世帯が住むようになっていた。ケンブリッジの屋根裏とはまったくちがった生活環境である。そこで当然あなたは「主婦」としてあつかわれるようになった。そして、あなたにはご近所とのおつきあい、という新経験が待ち受けていた。

要するに、おなじような若い院生の「ミセス」たちとの交際である。どんなことが話題になっていたのかは知るよしもないが、「お友だち」がたくさんできたのだ。アメリカ流の井戸端会議といってもいい。おたがいレシピの交換をしたりして、珍しい料理をつくってくれたこともしばしばだった。

そのシカゴの井戸端会議仲間のなかに、三歳くらいの男の子のお母さんがいた。「ちょっと買い物にいってくるから、この子をみててくれない？」といったようなキッカケで、あなたはその子と仲良くなった。ヒマさえあれば、その子は「ミセス・カトー」といってなつくようになった。ぼくが家にもどるとあなたとその子とふたりで入り口の階段にすわって、おしゃべりをしている風景もふつうになった。いまおもうに、ていのいいベビーシッターを押しつけられたようなものだ。

それはそれでいいのだが、その子はぼくを「ミセス・カトーズ・ハズバンド」と呼んで、けっして「ミスター・カトー」とは呼んでくれなかった。なんべんも「ミスター・カトー」といいなさい、と教えたのだがかれは頑固にもぼくのことを「ミセス・カトーズ・ハズバンド」としかいわなかった。そうだ、あなたは「ミセス・カトー」になったのだ。そしてぼくはあなたに付属する「ミセス・カトーズ・ハズバンド」になっていたのだ。たぶんこのころから、あなたは「ミセス」にも「マム」にも馴れてきたのである。やがて日本でも、それまであった「主婦の友」「婦人倶楽部」に代表されるような主婦像とならんで「ミセス」ということばが使われるようになり「主婦」のイメージが変化していったから、あなたにとって「ミセス」というのはそんなに居心地の悪いものではなかっただろう、とおもう。

いきなりアメリカにきて、しかも「ミセス」になったのだから、あなたの「家事」の基本はアメリカ流だった。そのころ日本にはまだなかったスーパーにでかけ、おおきなカートを押して、一週間ぶんの食糧をまとめ買いして冷凍食品は冷凍庫へ、といった習慣が身についた。掃除は掃除機、洗濯は洗濯機。当時の日本ではかんがえられないほど「家事」は合理化されていたが、料理の手抜きはしなかった。

あなたは人並みはずれて清潔好きだったから皿洗いも仕上がりがピカピカでなければ気が済まず、シーツやタオルの交換も神経質なほどやかましかった。もちろん、家のなかの床はチリひとつ落ちていないほど掃除はゆきとどいていた。これはケンブリッジでもシカゴでも、日本に帰国してからもおなじ。

はるか後年、古希をむかえたころからは、そんな重労働を完全にこなすことなどできるはずもなく、毎週一回お手伝いさんに来てもらうようになったが、それでも家事はたいへんだった。年齢とともに心臓への負担がきつくなってきていたから、手のかかる調理はあんまりできなくなっていた。

だいたい、調理台のまえに「立つ」ことじたいが苦痛になり、ちいさな椅子にすわって包丁をもつすがたは痛々しかった。だから、ここ数年の入退院で体力がひどく低下して以来、「もういいよ、これからはぼくがやるから」といってぼくが食事の準備をするようになっていた。

さいわい、インターネットというものがあるから、そこで調理法をまなんで、肉じゃが、キャベツの卵炒めなどといった簡単なものならできるようになっていた。カボチャのことは前に書いた通り。ときに惣菜類をデパ地下まで買いにゆくのもぼくのしごとになった。そんなふうに準備したぼくの献立を、あなたが「おいしいわね」と食べてくれる顔をみるのがぼくにとってのよろこびになった。

あなたが傘寿、すなわち八十にもなったとき、「もうオサンドンは勘弁させてもらうわよ、あたし、ほんとに疲れやすくなっちゃったから」と宣言してからもう十年がたった。ふだんの掃除はロボット掃除機にまかせ、シャツなどはすべてクリーニングにだし、家ぜんたいの大掃除はハウスクリーニングの会社にたのむことにした。「家事」のおおくは「外注化」した。あなたはもう「家事」をするには心身ともに限界にきていたのである。それでも、「そろそろ買い物にゆかなくっちゃ」といって、いつも冷蔵庫のなかをしらべていた。突然、逝ってしまったあの日の前夜も、「タマゴと果物が足りなかったんじゃないかしら?」などとつぶやいていたことを思いだす。あなたは最後までみごとな「主婦」なのだった。

11　マイホーム創世記

アメリカ生活から帰国したぼくたちは、まずは根拠地たる京都で住まいをさがさなければならなかった。

京都大学は京都市左京区吉田にある。そのころ京大の関係者の多くはおなじ左京区の、それも大学まで徒歩範囲の、かぎられた地域に住んでいた。北白川あたりでは住宅の三割以上が京大教授の家だ、といわれるほど密集していた。もちろん安月給の助手身分のぼくに満足な住まいを買ったり借りたりする収入のあろうはずはない。

その当時、つまり昭和三十（一九五五）年前後のぼくの月給はたしか七千円たらずだったとおもう。喫茶店のコーヒー一杯が五十円だった時代である。月給袋をもって家にもどると、あなたはその封をあけ、なにがしかの現金を取り出してすぐに夕食の材料を買いにゆく、という文字通りのその日暮らしがつづいた。ほんとうに貧乏だった。「でも戦争中よりはいいじゃない、食べるものには不自由しないもん」とあなたはほがらかにいってくれていたし、ぼくもそう実感していた。ぼくたちはそんなふうになんでも戦争経験と比較して「いま」のしあわせに感謝しながら生きてきたようなのである。

　そんな暮らしのなかでの一番の問題は住まいだった。ぼくたちはちいさなアパートを転々とし、左京区の瓜生山《うりゅうやま》という山の登り口の傾斜面に建てられた小屋を借りることにした。間取りは六畳と四畳半のふた部屋。電気と水道はあったが燃料は石油だった。買い物には百段ほどの急な石段を上り下りしなければならない。西日がやたらに当たって湿気がおおくて難渋した。

　そんなある日、あなたは、「ちょっと相談があるんだけど」とぼくを真剣なまなざしでみつめた。「なあに?」と答えると、「いっそ家を一軒、建てない?」というのである。これにはおどろいた。いったいぜんたい、こんな貧乏世帯がどうやって家をもつことができるというのか。正気の沙汰じゃないよ、とびっくりしたら、「あたし中学を辞めたときにいただいた退職金と貯金をあわせて十七万円くらいあるの、これを頭金にして銀行からおカネを借りたらいいじゃない」というのである。

　それに、とあなたはつづけた。

「近所の不動産屋さんでだいぶしらべたんだけど、右京区までゆけば、ずいぶん安い土地があるらしいの、通勤には不便だけど」

ぼくが「おカネはどうするの？」と問うと、

「それもこないだ銀行にいって相談してみたら、京大の先生ならお貸ししますよ、といってくれたわ」

とにっこりしている。ぼくが毎日、研究所に通勤して留守のあいだにあなたはそんな大胆なことをかんがえ、計画をたててくれていたのだった。

独立したじぶんの家を持つということは、もっと生活が安定してからの将来の問題として漠然とおもうことはあっても、いまこんな貧乏世帯で、と、ぼくは不安になった。「だいじょうぶだろうか？」といったら、「どうにかなるわよ、倹約するから」とあなたは微笑をうかべた。いまでこそ住宅ローンというのはふつうになっているけれど、あの時代に個人が住宅資金の融資を銀行に相談にゆく、などというのは破天荒なこととしかおもえなかった。しかし、結局、この計画は実現への一歩を踏み出したのである。

そんなわけで、不動産屋さんに会うことになった。候補の物件は右京区太秦の垂箕山《たるみやま》町《ちょう》というところ。嵐電《らんでん》の帷子《かたびら》ノ辻《つじ》駅から北にむかって徒歩五分たらずのところにある高台にあった。この土地をみて、「いいんじゃない、日当たりはいいし」というあなたのひとことで、ぼくたちは決心した。たしかにそのとおり、南側にはなんにもない。いや、なんにもないのではなく、そこは片岡千恵蔵さんのお屋敷の裏につくられたテニスコートなのだった。高さ三メートルほどの金網で仕切られていたが、空き地であることにまちがいはない。

この土地には気持ちがいいほど燦々と太陽の光がさしこんだ。買った敷地は百平米ほど、そして建物は五十平米たらずのペンキ塗りの掘っ立て小屋のようなものだった。それでもこれが「我が家」のはじまりだった。「狭いながらも楽しい我が家」だ、とぼくたちはうれしかった。でも、それはあなたの退職金があったからこそ。情けないことに、ぼくは一家のあるじであるにもかかわらず、あなたからの借金で「我が家」を手にいれたのだ。

その太秦のせまい住宅の庭には、ちかくの森の茂みや野原で摘んできた草木を植えた。この家はまわりが田畑だらけで、いろんな野の草でいっぱいだったから庭はあなたがあつめてきた山野草でにぎわっていた。それなりにたのしく、充実した若夫婦の新居であった。当時流行しはじめたことばでいえば、これがぼくたちのさいしょのマイホームだったのである。

12　ペット遍歴

さきほど書いたように、ぼくたちの京都でのさいしょの住まいは京都市左京区の瓜生山の中腹にあるバラックだった。もちろん浴室などありはしないから、入浴は坂をおりたところにある銭湯に通った。

その銭湯からのある日の帰り道、イヌが一匹あとをつけてきた。ぼくたちのあとをつけてきた、というより、あきらかにあなたのあとをつけてきたのである。

茶色のオスの中型犬、どこからみても雑種である。あんまりキレイな毛並みではない。

「ヘンなイヌだわね」といいながらうちに帰ると、入り口のそばにすわって動かない。

「どうせ野良犬の気まぐれさ、いずれどっかにいっちゃうだろう」といって一夜があけてみると、こいつが小屋の前に座ってじっとこっちをみている。「おや、まだいるよ」とみつめるとまたシッポをふってくる。

あなたが「なにかやってみましょうか」と前夜の夕食の残り物をありあわせの皿にの

せてやると、よほど空腹だったのか、ペチャペチャと威勢よくぜんぶ食べてこっちを見上げてくる。

これもなにかの縁というもの。べつだん追い出す理由もないし、むこうが居着いてしまったのだからしかたない。そのうち、「そろそろ名前をつけてやろうか」とぼくがいうと、「長居をきめこんで居候になってるんだから『ナガ』にしたらいいんじゃない」とあなたは命名して、ナガは晴れて我が家の飼い犬になった。

といって、べつだん役所にとどけて鑑札をいただくといったおおげさなものではない。とにかく、ナガはぼくたちというより、あなたの忠実な手下になって、どこにでもついてゆく。

瓜生山から太秦の新居に引っ越したときにも連れていった。ここでもナガは忠実にあなたのゆくところ、どこにでもついていった。ナガがどうしてあなたの家来になったのか。それはひとえにあなたが大のイヌ好きだったからだろう。くわしいことは知らないが、あなたのご実家では空襲で焼け出されるまでずっとイヌを飼っていたらしい。だからローレンツの『人イヌにあう』さながらに、ナガにたいする愛情がそのまま反射して「イヌ人にあう」ことになり、両者意気投合したのであろう。

ナガはあなたという特定個人にぴったりと寄り添っていた。もとよりぼくが「ナガ！」と声をかけてもシッポをふる。近寄ってくるから頭をなでてやると、うれしそうな顔で見上げてくれる。だが、あなたがすがたをあらわすと、そっちにとんでゆく。

「そうなのよ、イヌはヒトにつく、っていうでしょ。ナガはあたしについてきたんだから、あたしに縁があるのよ、だれにでも甘えたりしないわ、だからあたしはイヌが好き。そこがネコとちがうところね」

と、あなたのほうもナガを愛し信頼すること、ひとかたならぬものがあった。

「いっしょに暮らすなら、やっぱりイヌね、あたし、ネコはあんまり好きじゃないの、だれにでもベタベタするし、勝手にそとにでかけて、汚れた足で平気で家にあがってくるから不潔よ、それにネコは化けるじゃない？　鍋島ネコ騒動、ってのもあったわね、ああコワい、イヤだあ」

そういってあなたは肩をすくめた。要するにイヌは好き、ネコは嫌い、というだけのこと。

だからうちのペットはイヌということになった。

「イヌは忠実なのよ。里見八犬伝をみてごらんなさい、イヌは忠節ってものを知ってるの。ハチ公は銅像になってるし、西郷さんの銅像もイヌが家来になってるじゃない、西郷さんがネコをつれてたんじゃ、笑うわよ。だいたいネコの銅像なんて、きいたこともないわ。名犬はいたけど、名猫なんていなかったでしょ」

　我が家から歩いて五分ほどのところに踏切があって、それを渡った北側はひろびろとした農地であった。麦畑があり、野菜もつくられていた。春にはヒバリがさえずり、秋には紅葉にかがやく北山が遠望できた。その田園風景のなかをぼくたちはしばしばナガをつれて散歩した。しばらく歩くと大覚寺があり、広沢池があった。お花見の季節には仁和寺まで足をのばした。『徒然草』が書かれたという双岡《ならびがおか》もすぐそこだった。当時は意識していなかったが、ぼくたちは「嵯峨野」というゆかしい風景のなかをナガとともに暮らしたのである。

　しかしナガとの生活は数年でおわった。ある日、目がさめてみると、いつもシッポをふって庭で待ち構えていたナガのすがたが見えない。どうしたんだろう、といぶかしくおもってそとにでてみたら、庭の隅でナガは息絶えていた。数日まえからなんとなく元気がなかったのは、たぶん病気だったのだろう。突然死であった。あなたは泣きはじめた。ぼくの目にも涙がこみあげてきた。

　といって、そのままにしておくわけにはゆかない。相談の結果、庭の片隅に埋葬することにした。ふたりで黙々と深い穴を掘り、ナガの遺体を埋めて、木の墓標をたてた。勝手についてきて、勝手に住みついたというだけの縁だったが数年をいっしょに暮らしたのだからじつにツラかった。

その後もイヌを飼ったことはあったが、いずれも短命だったし、なんべんにもわたる引っ越し、とりわけ海外生活がくりかえされたものだから、結局のところペットとの生活はおわった。なにしろあるじが転々と居所をかえるのだもの、イヌが定住する余地なんかありはしなかった。

それから半世紀、老境に達したぼくたちはいまの家に転居した。いい住宅地だし、やっと職業生活からも解放されたから、またイヌを飼うのには絶好のチャンスというべき環境である。それに、ご近所にはワンちゃんを飼っておられるかたがたくさんいらっしゃって、うちのまえの通りは朝晩、何人もの愛犬家が散歩をなさっている。だが、ぼくたちはすでにイヌとともに暮らすことのできる年齢をとっくにこえてしまっていた。イヌを飼うということは、かれの運動につきあってめんどうをみてやる、ということだ。ふたりとも後期高齢者だから、とうてい元気のあるイヌと暮らすことなんかできなくなっていた。

だから、ぼくたちは気分のいい日に近所の公園のいつものベンチに腰掛けて、ここに立ち寄るいろんなイヌを眺めてたのしむことにした。いや、こっちが眺めるよりも、イヌのほうが好奇心をもってぼくたちのベンチのほうにやってくるのである。飼い主はおおむね近隣の中高年の奥様がた。「ダメよ、ご迷惑になるから」と愛犬を制止なさるが、それでもワンちゃんたちはこの老夫婦に好奇心をもつらしい。あるいはあなたがイヌ好きだということを直感的に感知していたのかもしれない。

そんなふうにやってくるいろんなイヌに話しかけ、飼い主のご婦人たちと短い会話をたのしむのがあなたの習慣だった。おそらくご近所のイヌ仲間のあいだで、あなたは、やさしいオバアサンとしてちょっとした有名人になっていたにちがいない。

イヌのかわりに晩年のぼくたちのペットになったのは野鳥である。このあたりは公園などの緑地がたくさんあるうえに、第一種住居地域だから庭もある。立木もある。だから小鳥がたくさんくる。いちばん多いのはシジュウカラ、それについでヒヨドリ、カワラヒワ、季節によってメジロ、シメ、それにウグイスなど。オナガやドバトなど大型の野鳥もくる。それが毎朝、うちの庭木のあいだをヒョイヒョイと飛びまわっている。そのすがたが可愛らしい。「餌付けをしてみましょうか」とあなたがパンくずをすこし撒いておいたら、さっそくシジュウカラがやってきてつつきはじめ、庭の片隅にほったらかしにしておいた植木鉢の受け皿に雨水がたまっているのを見つけて水浴びをはじめた。

うちの食卓は、面格子のついたおおきなガラス窓越しに庭と面している。だからイヤでもその小鳥たちの動静が目にはいる。「小鳥ってかわいいわね、いくらみてても飽きないわ」とあなたはいうし、ぼくも同感だった。

そこで、金属製の餌皿を買ってきて、パンくずだけではなく、ピーナッツだのヒマワリの種だのを置くことにし、冬には牛脂やミカンだのをヒモで木の枝にぶら下げてやったら、シジュウカラをはじめいろんな鳥がやってくるようになった。それを毎朝つづけていると、だんだんむこうも馴れてきて、ぼくが餌をはこぶのを樹上から待ちかまえるようになった。そしてぼくたちは、かれらが餌をつつくすがたを見ながら朝食をとることが習慣になったのである。

　水やりのほうも同様で、出入りの植木屋さんにたのんでちいさな台をつくってもらい、そこに大皿を置いて新鮮な水を張っておくことにした。このあたり、緑は多いが鳥たちの水場はすくない。公園はあっても池はない。かれらは文字通りの「鳥瞰」でめざとく我が家の零細な水場をみつけたのだろう。

　シジュウカラがいちばんのお客だが、それにつづいてヒヨドリがやってくるようになり、ときには場所の取り合いになったりもするようになった。巣箱をつくってアオガシの幹にとりつけたら、シジュウカラはそこで営巣をはじめ、めでたくヒナも誕生した。

「あら、かわいいわね」と毎日観察しているうちに、あなたはその一族を「うちのシジュウカラ」と呼ぶようになった。

「これはいいわ、べつに飼育の責任があるわけじゃなし、おたがい自由なんだから、小鳥と仲良しになりましょうよ」とあなたはいいはじめたし、ぼくはもともと野鳥観察が大好きだったから、意気投合して我が家の庭限定のバードウオッチャーになった。図鑑も買った。望遠鏡も買った。望遠ズームつき一眼レフ・カメラも買った。

「さあ、きょうはだれが来るかしら？　うちのシジュウカラの子もずいぶんおおきくなったわね、あらあら、ハトが邪魔しにきたわ……」

と朝食の話題はもっぱら小鳥のことばかりになった。庭には季節ごとの花が咲き、天窓からは月がみえる。風が吹いて木の葉がゆらゆらとうごく。「ほんとの花鳥風月じゃない」といって、ぼくたちはその晩年に満足した。

　そんなある日、

「こんな暮らしって、太秦以来じゃないかしら」

とあなたはぽつり、つぶやいた。そういわれてみればそうだ。あの家はちっぽけだったが、まわりは春にはタンポポ、秋にはススキなど天然自然の山野草が季節を教えてくれていた。ウグイスやメジロもうるさいほどきていた。洛西の空はひろく、天ノ川も夜空を飾ってくれていた。

「そうか、ぼくたちの『マイホーム』ははじめもおわりも花鳥風月だったんだなあ」というと、あなたは「そうよ、ありがたいことじゃない」とうなずいた。あの愛すべきナガも嵯峨野での花鳥風月の一部だったのかもしれない。

あなたが、あんなに急に逝ってしまった日にも「うちのシジュウカラ」は餌を待ちわびていたにちがいないが、そんなこと、すっかり忘れていた。

あの日からしばらく、ぼくは陰々滅々の日々を送り、心身ともに衰弱してしまっていたが、秋も深まったころ、ひとりで朝食のテーブルについたとき、「うちのシジュウカラ」が窓のそとで立木をザワザワさせているのに気がついた。そうだ、うちにはこんな同居人もいたのだと、ぼくはじぶんの朝食に手をつけるまえに、あわててピーナッツを餌台にはこび、水盤に水をみたした。

部屋に戻って窓のそとをみると、「うちのシジュウカラ」は待ってましたといわんばかりに枝から舞い降りてきた。

13　つかの間の共働き

はなしを京都での新婚時代にもどす。

ボストンからシカゴへ、という第一回のアメリカ生活から日本にもどったのは昭和三十（一九五五）年の夏のことだった。だが、あの貧乏時代にぼくたちには不釣り合いな引っ越し荷物がひとつだけあった。大型電気冷蔵庫である。ＧＥの真っ白な新品がぼくたちといっしょに日本までやってきたのだ。

どうしてそういうことになったか、といえば帰国準備にとりかかったとき、あなたが「これだけはぜひ日本に持って帰りたいわ」といって国際引っ越し荷物のなかに新品の冷蔵庫がはいったからだ。あなたの倹約家計の成果である。

あのころの客船では乗客の「手荷物」として、かなりの大荷物を無料で積載してくれていたから、大型冷蔵庫の運賃もタダだった。その冷蔵庫はまず瓜生山のバラックの座敷に鎮座した。冷蔵庫は大型でピカピカに輝いていたが、中身はダイコンの切れっぱしやメザシなどまことに貧弱。「藁屋《わらや》に名馬繋ぎたるがよし」という珠光《じゅこう》の有名な警句の現代版はかくのごときか、とおもった。

それでも、

「これがあれば、共稼ぎもできるわね、アメリカにいたときみたいに一週間ぶんの食べ物を買っていれておけばいいんだもん。ふたりでお給料がいただけたら、おいしいお肉だってたくさん買って冷凍にしときゃ、ひと月ぶんくらいはいるわよ、こんな大型は日本にはないもんね」

というのがあなたの本心なのだった。あなたは再就職の機会を当然のこととして期待していたのである。

「なにか『しごと』はないかしら?」とあなたは一所懸命に職探しをはじめた。貧乏だったからだけではない。結婚するまで中学の先生という自立した「職業人」だったのだから、なにか「しごと」をしたかったのだ。いちばんやりたかったのは前職を活かした中学校の先生。でもこれは免許をもっていても採用は自治体ごとだから困難だった。

あなたが「しごと」をさがしているということを知った法学部の先生が、「君の奥さん、労働省婦人少年局の『協助員』をやってみる気があるかなあ、興味があったら紹介するよ」といってくださった。さっそくそのはなしをすると、「もちろんやってみるけど、いったいその『協助員』ってなんなの?」ときいた。ぼくだって、そんなこと知るよしもない。でも政府機関のしごとだから、よろこび勇んでその先生を訪ねていったのだが、なんだか浮かない表情で帰ってきた。

「どうしようかしら? 『協助員』っていうのは売春婦を相手に相談にのったり、指導したり、更生の手伝いをしたりするしごとなんだって。あたしにそんなこと、できるかしら?」という。これにはおどろいた。想像しただけでもこの「しごと」はあなたにとってかなり別世界のものではないか。なかには海千山千のひともいるにちがいない。それに、暴力団などともつながっているひともいるかもしれない。まだ二十代なかばで新婚ホヤホヤのあなたが「指導」なんかできるはずがあるまい。これはどうみても中年すぎの世故にたけたオバサマがたのしごとである。でも、「やってみる」といって勇敢にもこの「しごと」に挑戦したが、三ヶ月ほどで「あたし、やっぱりこれは無理だわ」とやめてしまった。

やめるといっても、これは労働省の京都分室の非常勤。べつだんだれの迷惑にもなるわけじゃない。ごく短期間だったが、いい勉強になったわ、というだけで、その「しごと」の内容については多くを語らなかった。

ちょうどそのころ、東京ではジョン・ロックフェラーの資金援助によって国際文化会館が作られた。日本がわで発起人になったのは松本重治先生。この会館は一九五五年に竣工し、いまもその原型のまま、旧岩崎邸の跡地のみごとな庭園とともに六本木に健在である。

この施設は会員制である。ぼくはすぐに会員になった。そしてある日、この会館のロビーで旧知の松本先生によびとめられた。じつはこの国際文化会館は京都にも建設する予定だったのだが、それができなくなった。でも京都はだいじなところだから会館の連絡事務所だけは開設することにした、という。

「その事務所のしごとをしてくれるひとをさがしているんだが、君の奥さんどうだろう？　英語もできるし、アメリカ経験もあるから、やってくれると助かるんだが」

といわれた。昭和三十一（一九五六）年の秋のことだったとおもう。

京都にもどって、そのことを話すと、目を輝かせて、

「いいわ、そういうのやってみたい。このごろ英語も忘れそうになってるから、ブラッシュ・アップできるし、いろんな外国人とも知り合いになれるでしょ。願ったり叶ったりじゃない、うれしいわ」

と即答。その旨をつたえると松本先生も即決。あなたは国際文化会館京都事務所の職員に採用された。といっても、じつのところ事務所長の同志社大学の教授おひとりが非

常勤でときどきおみえになるだけ、あなたはたったひとりの常勤職員だから、事務所にいっても同僚がいるわけでもなし、ひとりぼっちの孤独なしごとであった。

その事務所は同志社の設立者、新島襄《じょう》の居宅をそのまま保存してある新島会館のなかを仮住まいにしていたから、古典的で森閑としていた。あなたはそこで黙々と会館の事務をこなした。

いちばん緊張していたのは会館が主催していた人物交流プログラムだった。この事業には世界中から著名な知識人、たとえば歴史学者のトインビー、神学者のティリッヒ、ルーズベルト夫人などがつぎつぎ来日し、京都を訪問して学者や芸術家たちと討論したり、観光をたのしんだりなさった。その接遇をするのがあなたのしごとだ。ホテルや料亭を予約したり、学者文化人との会合の日時を設定したり、あるいは通訳をしたり、いそがしそうだった。みんな世界的に知名度の高い知識人ばかりだから、いくらアメリカ経験があるからといっても、すくなからず重圧感はあっただろう。

「そりゃ緊張するわよ、でもこんな経験のできるおしごとなんて、めったにあるもんじゃないわ、毎日、勉強の連続だわ」

とあなたはこの職場には誇りと愛着をもっていた。

アメリカ議会図書館館長をつとめておられたダニエル・ブアスティン先生はシカゴ時

代から面識のある賓客のおひとりであった。そのブアスティン夫人が植物大好き。あなたと意気投合して植物談義をたのしんでおられたのはほほえましい風景だったが、散歩の途中でみつけた路傍のちいさな草花をあなたに見せて、「これなんていう花？」ときかれたときには即答できず、あれこれ図鑑をしらべて、その結果をお知らせしたら、夫人から感謝の手紙がきた。そこには「ミセス・カトーは偉大なボタニストですね」と書かれていた。あなたはそれをみて、

「あら、いやだ、あたしのこと、『ボタニスト』だってさ、ちょっとオーバーじゃない？　でも、アメリカのひとって、お世辞もじょうずだし、義理堅いのね」

とうれしそうだった。

そのころ、ぼくたちは例の太秦の家に住んでいた。太秦は「洛中洛外図」でいえば西の「洛外」である。電車の便はあったけれども、人文も同志社も「洛内」である。「洛外」から「洛内」への通勤には不便だった。そこでぼくはいちばん格安のルノーの中古車を買って自動車通勤をはじめた。ハンドルをにぎって、ぼくはあなたを同志社大学キャンパス内の事務所まで送ってから人文に通勤し、帰りはその逆、という生活である。ぼくたちの「夫婦共働き」は、その数年間だけだった。国際文化会館の京都事務所は予算の都合で閉鎖され、あなたはまた無職の専業主婦に逆戻り。

そんなしだいで、ぼくたちの「共働き」時代はつかの間のものだったが、あのころ、ふたりにとって最初で最後の学問的共同作業があったことも記録しておきたい。それは社会心理学者のマーサ・ウォルフェンスタインとネイサン・ライツの共著『映画の心理学』の翻訳である。シカゴ時代にいっしょにこの本を読んで、「おもしろいわねえ」と意見が一致していた。

その本を翻訳してみよう、ということになった経緯はさだかに記憶していないが、どうやらシカゴ時代の友人のひとりに出版人がいて、それがまたなにかのご縁でみすず書房にひきあわされた、といったようなことであったとおもう。ぼくたちの持ち込み原稿は検討のうえ、出版されることになった。奥付をみると昭和三十一年八月五日発行。加藤秀俊・加藤隆江共訳、そしてあなたの肩書きはあの「協助員」となっている。発刊当時はすこし話題になったようだが、いまではもちろん絶版。二〇二〇年の春、この本をネット古書店で探索してみたら、六百十円の売値がついていた。あの青春の名残りがひとかけら、どこかで生きてくれていたことを知ってうれしくなった。

14　たいせつな「しごと」

ぼくたちのさいしょの「マイホーム」が大決断で完成したとき、ぼくたちはまだ二十代の後半だった。歳月はあっというまに流れ、いつのまにかぼくたちは三十代になっていた。

三十三歳になったとき、アメリカのアイオワ州立大学から客員教授として招かれた。中西部に「五大湖地域大学連合」というのがあって、ハーバード時代のぼくの友人がその団体の幹事をつとめていた関係からそんな話が浮上したらしい。

アイオワといえばアメリカ大統領予備選挙がさいしょにおこなわれることでも有名な「アメリカ精神のふるさと」である。おもしろそうだから引き受けることにしたが、まずはあなたに相談した。あなたはしばらくかんがえたようだったが、例によって、

「好きなようにしたらいいじゃない、アイオワなんてめずらしいところね、いっしょに行くわよ、こどもたちがたいへんだけど、どうにかなるでしょ」

と、同意してくれた。

そのころには長女につづいて長男が生まれ、ぼくたちは二児の親になっていた。妊娠、出産、育児というたいへんな経験があなたを待ちうけていた。いまでもあなたがふたりのこどものめんどうをみながら、太秦時代、冬の寒い日に両手を真っ赤にして手回しの洗濯機でおむつを洗っているけなげなすがたが彷彿とする。ぼくもこどもは好きだ。ましてや我が子となれば格別である。寝付きのわるいときには抱っこしながら家のなかを歩きまわったり、泣けばなだめすかしたり、風呂にはいっしょにはいってからだを洗ったり、父親としてごくふつうの共同生活をたのしんだ。幼児期の娘をつれてホテルのプールにいったり、息子といっしょにプラモデルをつくったり、ずいぶんいろんなことをして、小学校低学年まではそれなりの育児をたのしんだ。まずまずのパパだったようにおもうけれども、自己採点は放棄する。

いや、ことによると、ぼくはこどもたちから恨まれているのかもしれない。なにしろ出生からまもなく、かれらの父親は研究という名のもとに、じぶんのしごとのことだけしか眼中になく、乳児のころからアメリカ本土のあちこちを移動し、あとでのべるようにハワイに転居したとおもったら、こんどは東京。かれらはそのたんびに同行させられて転校をなんべんくりかえさせられたことか。満足に同級生仲間をもつこともできなかった。そのうえ、毎日帰宅は遅く、あんまり会話もしない父親だった。ぼくはこどもたちを愛してきたつもりだが、それはひょっとするとぼくの自己満足だったのかもしれない。

とりわけ長女の出産のときはなんとも申しわけのないことをしてしまっていた。

出産は昭和三十四（一九五九）年の年末だったが、その翌年の春にぼくは短期の共同研究に参加するため、あなたと生まれたばかりの娘を置き去りにしてさっさと単身スタンフォード大学のワークショップにでかけてしまったのである。期間は三ヶ月。学問的にはきわめて刺激的で重要な国際研究集会で、その会議への出席は前年の夏からきまっていたのだが、それにしても妻と乳飲み子をのこして父親が家を留守にするなんて、ちょっとひどすぎる行為というべきだった。それにくわえてその三ヶ月のあいだにあなたは盲腸炎を患い、手術後は生まれたばかりの乳児をそばにおいて入院していたという。

「あのときはツラかったわ、京都には親戚も友達もいないし、でもしょうがないわね、あなたはしごとがあったんだから、そのくらい覚悟してたわよ」

とあなたはしずかにほほえんでいた。でも、こんなに非常識な父親であっていいのか。あとになって後悔したが、まったくの自己本位のダメな父親だった。

それにひきかえ、あなたはすばらしい母親であった。あなたは国際文化会館の京都事務所の閉鎖をさいごにふつうの「しごと」につくことはなかったが、それは育児への準備段階にはいっていた時期とも一致している。

　あなたは「しごとか家庭か」という、あの陳腐な二者択一の設問に否定的だった。

「あれ、バカげてるとおもわない？　育児だって家事だって『しごと』じゃない。お給料をいただくだけが『しごと』じゃないでしょ。こどもを育てるってことは、だいじな『しごと』じゃない？　こんな立派な『しごと』はほかにありゃしないわ。お給料のない『しごと』だってたくさんあるじゃない？　お給料をいただけるから男女同権だ、なんて理屈はオカシイわ。『しごと』はおカネだけの問題じゃないんだから。やたらにおカネのことばっかしいうひと、キライだわ」

　だから、あなたは出産後の夫婦共働きを理想とする近年の世相に批判的だった。

「古いオバアサンっていわれるでしょうけど、こどもを朝から託児所に預けて、夜だけいっしょ、なんて、こどもがかわいそう。こどもはちいさいうちは母親の目のとどくところに置いとかなくっちゃダメ」

「鍵っ子」問題が社会的話題になったころから、あなたはそういって顔をしかめていた。

「学校から帰ってきたら、おやつを用意しといて、『お帰り、つかれたでしょ？　きょうはどうだった？』といって話しかけてやるからこどもは安心するのよ。親子ってそういうもんじゃない？　そうでなきゃこどもは育たないわよ」

「それに、なによ、このごろは『専業主婦』なんてヒマな人間みたいなことをいうけど、そんなことないでしょ、簡単に『家事』ってひとことで片付けることなんかできやしないわよ。お掃除、洗濯、買い物、お料理、みんなたいへんな労働じゃない。こんなにだいじな『しごと』は、ほかにありゃしないわ。お給料なんかいただかなくっても『しごと』にかわりはないじゃない」

その意見は人類学者ドロシー・リーの育児論とまったくおなじで、ぼくはそれに同感であった。そして、あなたはその信念にもとづいて行動していた。こどもたちにはそれぞれにいろんなよろこびがあり、悩みもあったろう。その一部はぼくも知っている。だが、そのもろもろの問題に耳をかたむけ、相談に乗り、ときにはその解決のために奔走してくれていたのはあなただった。それにくらべればぼくはなにもしなかったのも同然の、無愛想な父親だったのである。

そのアイオワのはなしがあったとき、娘は四歳、息子は一歳。こんな幼児ふたりをつれて見知らぬアイオワまでゆく、というのはすくなからず心配である。いや、冒険である。それでもあなたは婉然としてどうにかなるでしょ、といってくれた。

人生波瀾万丈。そんなわけでぼくたちはふたたびアメリカに旅立った。前回のハーバード時代はふたりだったが、こんどは四人。家族はにぎやかになっていた。このときの生活記録は『アメリカの小さな町から』という書物にまとめたから、ここではふれないが、ケネディ大統領暗殺（一九六三年十一月二十二日）のニュースはこのアイオワの町で知った。

それにしても、あなたはアメリカで幼児期のこどもたちを育てるという難事業を、よくもみごとにこなしてくれたものだ。なにしろ幼児ふたりなのだから、幼稚園に通ったり、近所の同年齢のこどもたちとあそばせたり、言語環境はことごとく英語、そして家庭のなかでは日本語。ふたつの言語が入り乱れているなかでのこどもの教育は想像を絶するものであった。その異文化のなかでの日常の子育てや家計のやりくりもすべてあなたの「しごと」、ほんとに苦労をかけたなあ。

アメリカでのこどもたちの通園、通学には自動車を運転しなければならない。とりわけアイオワのような人家もまばらな田舎町ではクルマがなければ身動きがとれない。あなたは自動車教習所で運転を習い、その小さな町の警察署で運転免許証をもらった。「クルマなんて案外やさしいのね、好きになっちゃった」といって、すぐさまフォードのファルコンという中古の大型車のハンドルをにぎり、雪道をかきわけながら運転して幼稚園への送迎だのスーパーへの買い物だのを日常生活の一部にするようになっていた。

ぼくは徒歩圏内の大学の研究室に通勤していたから、なんということはない、いつのまにかあなたは我が家の主力運転手になっていたのである。

そればかりではない。あなたはアイオワ大学の学生たちに日本語を教えはじめていた。ぼくたちはふたりの幼児をかかえる親として、日本からいくつかの教育玩具をもっていった。そのなかに、いろは四十八文字を彫り込んだ積み木があった。ぼくの講義に出席していた学生たちのなかに日本語を学びたいという声がきこえてきたので、「どうだろう？」と相談したら、「ちょうどいいわ、これで教えましょう」といって、その積み木を利用してうちの居間で週一回の日本語塾をひらくことになったのである。

この私塾では文法などというややこしいことは棚上げにして、もっぱら「こんにちは」にはじまる簡単な日本語会話を熱心に手ほどきした。これがなかなかの人気を呼んで、ぼくが知るかぎり、これをキッカケにしてその後大学院で日本研究を専攻した学者がすくなくとも三人誕生した。わが妻ながら、あっぱれ、と誇りにおもった。そういえば、これもまた無償の「しごと」であった。

15　ラーメンライス

アイオワから帰国してから、また数年がたった。ぼくは相変わらず人文の助手身分で自由気ままに暮らしていたが、そろそろ四十歳、不惑の年をむかえようとしていた。それまでもずいぶんほうぼうからお誘いをうけていたが、もう「助手」は卒業しなさい、みっともないから、と先生がたから強くいわれて、ついにぼくは観念した。十数年間をすごした人文を離れ、京大教育学部の助教授に任命されることになった。

もちろん、あなたにはまっさきに相談したが、いつものように、

「そろそろそんな時期じゃないの、好きなようにしたらいいんじゃない。でも、これで京都住まいがきまったようなもんだわね」

とひとこと感想をもらした。

東京生まれ、東京育ちのぼくたちは、いずれいい就職先があったら東京の大学か研究所にもどりたいという思いを共有していた。しかし、そんな夢は実現しそうもない。で

も、京大の学風が好きでたまらなかったから、これもご縁というものだろう。一生ここで暮らそうとおもうようになっていた。もしもそのままだったら、いまごろぼくは京大名誉教授になって、どこか関西の私学で七十歳の定年をむかえ、下鴨あたりに隠棲していたはずである。

だが、そのぼくたちの中年期、つまり一九六〇年代というのは世界が膨張した時期だった。経済は右肩上がりの成長期の入り口にさしかかり、先進国では「ゆたかな時代」がやってきた。ロストウなどの経済成長理論、近代化理論などが学界でもジャーナリズムでも喧伝された。なによりも地球的規模で人口が激増し、戦後ベビーブームの世代が成年に達して高等教育の大衆化がはじまっていた。

日本でも事情はまったくおなじで、この世代がどっと大学に押し寄せて教室はいつも大入り満員。ぼくたちの世代の大学進学率は十パーセント以下だったのが、あっというまに三十パーセントちかくになってしまっていたのだからたいへんだ。そしてぼくが辞令をいただいて京大教育学部助教授としてはじめて出勤した当日、すなわち一九六九年一月十六日には、なんたる皮肉か京大の時計台にはチェ・ゲバラの肖像画がひるがえっていた。のち「学園紛争」として記録にのこる大事件がはじまったのである。

このことは我が家にとって他人ごとではなかった。まず、ぼくの生活が激変した。平時なら授業や教授会などがある日以外は自由に時間のやりくりがついていたはずなのに、曜日や時間にかかわらず、しょっちゅう緊急会議やら学生との「団交」やらにかり出されるようになった。校舎が学生に占拠されそうだ、というので学部長室のソファで宿直という寝苦しい夜をすごすこともおおくなった。疲労は蓄積した。

　そればかりではない。紛争が激化するにしたがって教授会粉砕を叫ぶ学生たちが我が家の近辺に出没するようになった。まるで安手のサスペンス・ドラマのごとくに、かれらは電柱のカゲにかくれてうちを監視している。これには、さすがのあなたも「気味がわるいわね、なにもわるいことをしてるんじゃないのに」と不安な表情をみせるようになった。もうこうなったらしょうがない、ぼくは決心してその学生たちに、「そんなところでウロウロしていたってくたびれるだろ？　うちに来てお茶でも飲みなさい」と声をかけた。さいわい、かれらとは「団交」で顔なじみになっているから初対面ではない。我が家を見張っていた学生たちはすくなからず当惑したようだったが、やがておずおずとはいってきた。

　奇妙なことに、そのときから学生へのサービスがはじまった。さいしょのうちは緊張していたかれらも、だんだん馴れてきて遠慮しなくなってきた。なかには、「ああ腹減った」などと無遠慮なことをいいだす連中もでてきた。あなたは学生たちの食欲をみたすべく、乞われるままに「ラーメンライス」という珍妙なものをつくった。ごはんのうえにインスタント・ラーメンをかけただけのもの。あなたは「よくもあんなもの食べられるわね」とあきれ果てた表情をみせながらも、どんどんつくっては食べさせた。うちはいつのまにか無料の学生食堂のごとくになった。それが「紛争解決」に貢献したわけではないが、どこにいっても学生たちが我が家に出入りすることをあなたはごく自然にうけとめてくれていた。

　その素地はあのアイオワ時代の日本語塾からはじまっていたのかもしれないけれども、こんなふうに学生が我が家にやってくる習慣は日常化して、学生たちは教室や研究室での接触だけではなく、気軽にうちにやってくる食欲旺盛な若者たちとして、あなたやこどもたちとも仲良くなっていた。

　すでに古希をすぎようとしている当時の学生たちは、あのころのことをよくおぼえていて、「いまでも奥様においしいお料理をいただいたことを忘れません」と口々にいう。かれらにとっては、ぼくとのめんどくさい学問談義よりも、世間話に相づちをうちながら「ラーメンライス」をつくってくれたあなたのほうに親近感をおぼえていたのかもしれない。

　学生たちとの自宅でのつきあいは、のちに学習院で教職についてからも継続した。いまでもぼくのゼミにいた元学生が京大・学習院合同で同窓会をときどき開催してくれる。そのたびにかれらと旧交をあたためるのが、ぼくのたのしみのひとつだ。こんなよろこびをのこしてくれたのも、あなたのおかげであった。

もっとも、こうした学生と教授とのあいだの私的なつきあいは、ぼくにとっては珍しいことではなかった。なぜならぼくの母校の一橋大学には、ゼミ中心主義とでもいうべき教授とゼミ生とのあいだの濃密な日常的接触があったからである。一橋では伝統的にふつうの教室授業よりゼミナールに力点がおかれていて、ゼミがキャンパスをはなれて教授のご自宅の書斎や客間でおこなわれることもめずらしくはなかった。何時間かの講読や討論のあと、奥様が「お疲れさま」とおっしゃってビールなどをご馳走してくださるのも、当時の一橋ではふつうのことだった。

そういう経験はアメリカでも体験した。ハーバードで心理学を教えておられたオルポート教授のご自宅では毎週水曜日の夕方にシェリー・パーティというのがひらかれ、文字どおりシェリーのグラスをかたむけながらあれこれと会話がつづき、居間の片隅では教授夫人がしずかにピアノを弾いてくださる、という優雅なひととき。ひとむかしまえの映画の風景のようだが、なるほどこうしてアメリカのエリートの「社交」の基本がしぜんに身につくのだなあ、と感心したことがあった。

それにくらべれば我が家で提供したラーメンライスなどは噴飯ものだが、学生たちとのつきあいは濃厚だったし、たのしかった。

しかし、そんな私的な信頼関係とはまったく別個の社会状況があり、大学という制度や組織の原理はついに学生運動の活動家と警察の全面対決という殺伐とした結末を迎えた。そんな状況に置かれたぼくは、あれこれ、かんがえた結果、京大を辞職する決心をした。時期をおなじくして、尊敬する先輩たち、たとえば鶴見さん、永井道雄さん、川喜田二郎さん、同輩では高橋和巳などがまるで申しあわせたように大学を離れた。

やっぱり辞めようとおもう、と思い切ってあなたに打ち明けたら、例によって、「そうね、好きなようにしたら。どうにかなるわよ」とほがらかに同意してくれた。ぼくは晴れ晴れとした気分で辞表を学部長に提出した。ぼくが京大助教授であったのはわずか一年あまり。そして、その辞職がちょうどぼくの「不惑」の誕生日の寸前だった。新聞はぼくの辞職のことを「中年退職」という見出しで報道した。

その記事をみたあなたは、

「あら『中年退職』なんて、おもしろいことといってくれるわね、『定年退職』よりカッコいいじゃない」

と一笑した。ぼくはそのひとことに勇気づけられた。

16　いい女

京大を「中年退職」して、ずいぶん気分はすっきりしたが、その不惑の年の四月一日から「無職」になった。

ありがたいことに、そのころには新聞や雑誌に寄稿したり、書物を書いたり、講演によばれたり、という収入があったから、どうにか一家の生活を維持してゆくだけの自信はあったが、月給がなくなる、というのはなんとなく不安でもあった。そんなことを口にしたら、あなたは冗談半分に、

「いいわよ、ホントに困ったら、あたしが生け花のお弟子さんをとっておカネはどうにかするから。食べるものくらい、不自由させないわ。それでいいじゃない」

とにこやかにこたえた。

あなたのお流儀は草月流。勅使《てし》河原《がわら》蒼風《そうふう》先生が世界的な舞台に颯爽と登場して発展させた前衛生け花である。かなりまえから入門していたのだろう、季節ごとに花屋さんで

花をえらび、我が家の玄関と居間にはみごとな生け花が絶えることはなかった。「師範」の資格もとって、「茜霞《せんか》」という優雅な名前で、お弟子さんをとる資格をしめす看板もいただいていた。じょうずにやれば、お師匠さんとしてうけとる月謝だってずいぶん家計のタシになる。「髪結いの亭主」になるのかねえ、とぼくは複雑な気持ちになった。

　そんなことはともかく、京大を辞職して無職になったぼくのところに再就職の打診が飛び込んできた。それは思いもかけずハワイにある東西文化センターという研究所からの招聘だった。ウワサ千里を駈けるというが、その研究所にいたアメリカの友人がぼくの「中年退職」のことを知って、即座に電話をかけてきてくれたのである。ぼくはまたもあなたに相談すると、あなたはいつものように「え？　こんどはハワイ？　それもいいじゃない、好きなようにしたら」と同意してくれたから、一家そろってハワイに移住することにした。「捨てる神あれば拾う神あり」というコトワザの見本のようなものだ。そのときの記録は『ホノルルの街かどから』という書物にまとめたが、なかなか居心地のいい経験だった。あなたは冷え性だから寒さ知らずのハワイは気に入ったようであった。

　ホノルルで家を借りてしばらくしたら、あなたは「ホノルル・コミュニティ・カレジって学校が無料で開放されているっていうから、入学してみようかしら」と、その市民大学でアメリカ文学などを勉強しはじめた。

トヨタのカローラの中古車をみつけて高速道路を走って通学し、こどもたちの学校の送迎にもこの車を毎日運転していた。そのナンバープレートは９２８８。こどもたちはいつのまにかこの数字に「クニハハ」という読みをあてていた。かれらのママは「国の母」としてたのもしくみえたのだろう。ぼくはアンバサダーというたいへんな銘柄の大型のアメ車に乗って研究所に通勤した。

ホノルルでの住まいはダイアモンドヘッドの東側の浜辺にちかいカハラ地区で、ワイキキの喧噪とはまったく対照的な静かな環境だった。そんなある日、ふたりで海辺にでてぼんやりと紺碧の水平線をながめていたら、ふと思いついたように、あなたは「島っておもしろいわね」とつぶやいた。

「どうして？」

「だって、こんなひろい海にかこまれて、どこにもゆけないじゃない、飛行機や船がなかったらどうするんでしょ、でも、世間がせまいから、この島のひとは、ほとんどみんな顔見知りみたいだわね」

短い会話だったが、いまでも記憶にのこっている。あのころのホノルルの人口は三十万人ほど。「みんなが顔見知り」というのはすこしおおげさだが、どこにいってもだれかに会う。スーパーでも、ガソリンスタンドでも、大学のキャンパスでも、毎日いろんなひとに会うが、ほとんどぜんぶ顔見知り。ほんとうにホノルルは「せまい世間」なのであった。

カハラという地域は高級住宅地で、家には本格的なプールがついていた。ハワイは「常夏の国」といわれるほど年間をつうじて亜熱帯だから着るものはシャツ一枚ですむ。ぼくはアロハシャツ、そしてあなたはムームーという簡易服、こどもたちもまたシャツ一枚。衣料品への出費はそんなにかからないし、貿易風のおかげでクーラーも不要。食費だってふつうに食べているだけならたいしたことはない。だからここでは思い切って住生活におカネをかけることにしましょうよ、というのがあなたの意見であった。かなり高額の家賃だったがその決断はただしかった。

プールつきの独立家屋というアメリカの住宅は映画ではみていたが、これがじぶんの住居になるとは夢にもおもわなかった。住んでみるとじつに快適だった。こどもたちは学校から帰るとすぐに水着に着替えてプールに飛びこみ、そのままプール・サイドでバーベキュー、といったこともすくなくなかった。あなたは水泳が好きでじょうずだった。ぼくもそこそこ泳ぐことはできた。それというのも青南小学校にはぼくたちの在学当時まだ珍しかったプールがあり、それにくわえて沼津の合宿所まででかけての遠泳教室もカリキュラムにくわえられていたから、ふたりとも小学校時代の素養があったのである。「中年退職」したはずのぼくは、ハワイでプールつき住宅の住人になったとたんに、「青年末期」のような気分になった。我が家のプールのいちばん深いところは二メートル以上あったから、思い切って飛び込むのもたのしかった。

「水泳なんてひさしぶりだわ、でもちゃんとからだがおぼえてくれているのね」

とあなたは十メートルほどのプールをなんべんも折り返してあざやかに泳いだ。

海岸もうちから徒歩で五分くらい。でもワイキキとちがってカハラ海岸はゴツゴツした小石だらけで、しかもやたらにナマコがたくさんいて、あんまり気持ちはよくなかったが、近くには有名なハナウマ・ベイをはじめいくつもの風光明媚なビーチがあり、ぼくたちは家族連れで水着のままオアフ島のあちこちにドライブした。シュノーケルの使い方もすぐにおぼえて、あなたも水深一メートルくらいまで潜って熱帯魚をみて、ああキレイ、と少女のように顔をかがやかせた。

ホノルル生活でぼくたちはほんとうに若返ったような気分になった。あなたは紫外線を注意深く避けてできるだけ日陰を歩き、いろんなクリームを使っていたが、それでも太陽光線を浴びて、肌は薄い小麦色。ほんとうに健康なからだになっていた。そんなあ

る日、「わたしのラバさん酋長の娘、色は黒いが南洋じゃ美人……」とざれ歌を口ずさみながら、ぼくが、

「南洋美人になったねえ」

と軽口をたたくと、

「いやねえ、それ、お世辞のつもりでいってるの？」

ちょっと複雑な表情をみせたが、べつだんイヤそうでもなかった。

いずれにせよ、いっしょにプールのそばで満天の星をながめながら、ぼくたちはこの島での暮らしをのびやかにたのしむようになっていたのである。

と、ここまで書いてきて思い出した。「美人」ということばはあなたには禁句だった。ずいぶんまえから、

「あたし、美人とかキレイだとか、かわいいだとか、そんなホメことば、キライなの」

といつもいっていた。

「それじゃ、どういわれたいの？」ときくと、「『いい女』っていわれたいのよ」という答えがかえってきた。「それじゃ『いい女』ってのは、どんな女のことなんだろ？」とかさねて問うと、「さあ、むずかしいわね」と首をかしげたあと、

「たしかお静さん、っていったかしら？　銭形平次のおカミさん。ああいう女。キビキ

ビしてて、気っぷがよくて、思い切りがキレイで、さっぱりした身じまいで、歯切れがよくって、男にベタベタしないしっかり者、あたしそういう女になりたいの。『鳴門秘帖』の見返りお綱、なんかもいいわね。スリはあんまり感心しないけど腕はいいもんね。あたしだって、イヤな男が相手ならタンカのひとつも切ってやりたいところよ。そう、女優さんだったら、沢村貞子みたいなひと、っていったところかしら」

『銭形平次』や『鳴門秘帖』がでてくるところは、あなたが少女期に「少年倶楽部」や「少年講談」の愛読者だったからだが、あなたは山の手育ちにしては下町っぽいところが濃厚であった。じっさい、還暦のころまでときどきいっしょに銀座の裏通りの小料理屋で酒を酌み交わしていたあなたの男友達はほとんどが日本橋や京橋の商店の若旦那、といったひとが多く、勤め人タイプはぼくの知るかぎりあんまりいなかった。たしかあなたの父上も青山に転居なさるまで京橋にお住いだった、とうかがったことがある。それでお勤め先が兜町なのだから、あなたにはどこか下町っ子のようなところがあった。

そんな事情があったのだろうか、あなたのご実家の墓所は門前仲町だった。法事があったりお彼岸の季節になったりすると、ぼくもいっしょにお墓参りをしたが、あのあたりの深川情緒は銀座や渋谷とはまことに対照的であった。花屋で花を買うときの簡単な会話のことばのはずみも下町にゆくとちがった。

おもうに「いい女」というのは下町のもので、その本質はさっぱりした「イキ」というものだったのだろう。あなたはその「イキ」を理想にしていた。山の手の軽薄な「ヤボ」は、あなたがもっとも嫌うところなのだった。「美人」ということばをよろこばなかったゆえんである。

それと関連するのだろうか、あなたはかなり若いころから独自の「人生三十七歳説」をしばしば口にしてぼくをびっくりさせていた。

「あたし三十七歳くらいで死にたいの」

というのである。これにはおどろいて、

「冗談じゃない、共白髪まで、っていうのが夫婦の理想だろ？」

「たぶんそうだとおもうけど、七十、八十のシワクチャのオバアサンになるなんてイヤだわ、二十代はまだ女の入り口だから若すぎる、でも四十になると中年のオバサンでしょ。三十代のなかばが女盛り。そのころに死んだら、ああ、いい女だったのに、惜しいことをしたなあ、といってくれるんじゃないかしら」

というのが、あなたの生死の美学だったようなのである。その美学はことによると不惑を待たずに自死した太宰治や三十歳で夭折した中原中也と関係していたのかもしれないが、その気持ちはわからないではなかった。

でも、そんなことは笑い話。ぼくたちはのびやかにハワイ暮らしをたのしんでいた。そしてハワイ生活が二年ほどたったとき、こんどは、学習院大学から社会学担当の教授として来ないか、というお声がかかった。くわしいイキサツは省略するが、清水幾太郎先生が退職されて空席になったままの「社会学」担当の教授としてお招きをいただいたのである。敬愛する清水先生の後任というのは名誉なことだ。何回かのやりとりの結果、ぼくは学習院に就職することを決心した。一九七四年（ぼくは昭和のこどもだけれど、このあたりから元号でしるすより西暦がしっくりくる）のことであった。

かんがえてみると、大学を卒業して、ほとんどまもなく京都大学に職をえて、そのあとあちこちに転居をくりかえしたぼくたちが生まれ育った東京という故郷に再定住するまで、二十年の歳月が流れていたのである。「やっと東京にもどることができるのね」とあなたはうれしそうだった。

17　「ファミリー」をもとめて

東京へもどって、十年ほどがすぎた一九八〇年代半ば。ぼくもあなたも五十歳をすぎていた。

年譜をみると一九八五年四月十七日から十九日となっているから、その三日間のいずれかの日、ぼくたちは日本武道館の客席にすわっていた。フランク・シナトラの日本公演を聴くためである。シナトラは一九一五年生まれ、これが最後の日本公演かもしれない、というので超満員であった。ぼくたちはその夜、中央の舞台で歌うシナトラの数々の歌に聴きいった。

「よかったわねえ」と帰りがけに立ち寄ったレストランのテーブルでも、まだ恍惚とした表情でいささか興奮気味に語り合ったことをおぼえている。

ぼくたちはずいぶんほうぼうの劇場に足をはこんでいた。毎月すくなくとも一回、ときには二、三回。オーケストラ、歌舞伎、オペラ、寄席、いろんなものをえらんで出かけた。劇場から送られてくるパンフレットや新聞広告をみては、「これ、いってみようか？」「そうね」とおおむねぼくが誘うのがふつうだったが、このシナトラ公演のときはちがった。

「これ、絶対にいきたいわ、キップまだ買えるかしら？」

と問われて、あちこち手配してキップを入手した。ネット時代以前だったから、どこかのプレイガイドまで出かけたような気がする。手にいれたキップは舞台から十列目くらいの特等席で値段もかなり高かったように記憶しているが、あんまり気にしなかった。なによりも、これはあなたがいいだしたのだから、うれしいことだった。

あれはいったいいつごろからだったのだろう、あなたはシナトラの熱烈なファンになっていた。まだＣＤなどというものがなかった時代だから、たぶん一九六〇年代、アイオワにいたころだったかもしれない。あるいは五〇年代後半の映画「上流社会」をみたことがキッカケだった可能性もある。とにかく、シナトラが好きだった。バラード風の歌も好きだったが、「シカゴ」「ニューヨーク・ニューヨーク」のような元気いっぱいの都会的な歌を愛していた。

その下地になっていたのはハーバード時代のあの「ホワイト・クリスマス」の感動だったような気もする。雪のちらつくなか、まえにしるしたように、新婚早々のぼくたちはあの映画の主題歌を口ずさみながらチャールズ川にかかる橋を歩いて渡った。寒い夜だったけれど心は火のように熱かった。あのとき、ビング・クロスビーの名前をおぼえ、ミュージカルという音楽劇のたのしさを知った。

だからいいミュージカルがあると、かならずゆくようになっていた。学会などでニューヨークにはなんべんもいっしょにいったが、そのたびにかならずブロードウェイのミュージカルをみた。「コーラスライン」や「ウエスト・サイド・ストーリー」などはそれぞれ三回くらいみたかなあ。「シカゴ」もよかった。ブロードウェイ・キャストの日本公演もくりかえしみにいった。「おなじものをなんべんもみて飽きないの？」とひとに問われることがあっても、あなたは平然として、

「あたりまえじゃないの、『勧進帳』だって『カルメン』だって、いちどみたからいい、ってもんじゃないでしょ。名作はなんべんもみているうちにだんだん味が深くなるのよ」

と答えていた。

そしてあなたはとりわけシナトラの熱烈なファンになった。部屋を整理していたらシナトラのLPやCDはあれこれとりまぜ数十枚。

「なぜシナトラなの？」ときくのはヤボというもの。とにかく、声量があって、音域が

ひろくて、明るいから、というのである。それに、

「『マイ・ウェイ』なんか歌詞がいいじゃない？　人生を悔いなくすごし、思い残すことはない、って、気品があって自信いっぱいの、いい歌詞だと思わない？　ポール・アンカ（「マイ・ウェイ」作詞者）って、タダモノじゃないわね、一流の詩人よ」

そういってあなたはこの曲にうっとりとしていた。

とりわけシナトラとマフィアの関係があなたにとっては魅力だったらしい。シチリアにいってみたいわ、といってシチリア旅行をしたことはあとで書くが、あれはたぶん地中海に浮かぶあの島がマフィアの本場だったからなのではなかったか。映画「ゴッドファーザー」が大好きで、あの映画の全三部作収録のＤＶＤボックスまで買い込んで、なんべんもみて飽きることがなかった。

なぜ、あなたはマフィアがそんなに好きなのか。それは、この集団が強固な「ファミリー」という思想をゆるがすことのできない原則としているからである。

「ファミリーを守るためには、親友だって、親族だって容赦しないでしょ、そこがいいのよ、ファミリーを裏切ったらこの世はヤミよ」

というのがあなたの口癖だった。

「『ゴッドファーザー』のファミリーには向上心ってものがあるじゃない、あれだけ差

別されて、貧乏で、苦労して、そりゃ悪いこともしたわよ、でもこどもたちを大学に進学させてあそこまでファミリーを育てたじゃない、立派だわ」

　とあなたはマフィアとそのドン・コルレオーネを賛美することひとかたならぬものがあった。

　シナトラは「シナトラ一家」の親分でもあった。サミー・デイヴィスJr.、ディーン・マーチン、そして周辺には「オーシャンズ11」の仲間たち、それにローレン・バコールとくればたいへんなファミリーである。そのファミリーをあなたは愛した。

　いつだったか、あなたは突然、

「ねえ、アーティチョークの意味って知ってる？」

　とぼくに問いかけた。アーティチョークというのは一見パイナップルのような植物で、茹でてあの硬い実の皮を一枚ずつ剝いてバター・ソースにつけて食べるふしぎな野菜。和名をチョウセンアザミというが、西洋とりわけイタリアを中心にあの植物をかたどったテラコッタの装飾が建物の入り口などにほどこされている。でも、こんなふしぎな植物の象徴的意味なんて、知っているはずがない。

「なに？　教えて」

「あれはファミリーの団結の象徴なんですって。あの硬い皮を一枚ずつ剝がされても中心はビクともしないでしょ、だからアーティチョークはマフィアのシンボルになったらしいのよ」

なるほど、シチリアのあちこちで見かけたあのテラコッタにはそんな意味がこめられていたのか。

「チンピラの二人や三人、犠牲になったっていいのよ、だいじなのはいつになってもドンを中心にした団結は崩れないってことなのよ、あれがファミリーっていうものなの」

というのがあなたの持論だった。

あなたにとってのシナトラはただ空前絶後の名歌手、俳優、エンターテイナーであったというだけではなく、いや、それよりもそういう「ファミリー」の理想を具現化した存在だったのだろう。それほどにあなたは「ファミリー」をだいじにしていた。あなたにとっての「うち」はあんなに熱心に設計した有形の「家屋」であると同時に、いや、それ以前にそこに暮らす「家族」のことだった。

「ファミリーあってのハウスじゃない？　だいじなのはファミリーよ、いくら立派なハウスがあってもファミリーが仲良くしていなきゃ、ダメ」

とあなたはいつもいっていた。シナトラ好きにはこんな思想的背景があったのである。

18 進化する「マイホーム」

有形の「家屋」の話もしておきたい。こちらもあなたがその生涯にわたって全力投球してきた事業だったのだから。

二十一世紀にはいってからまもなく、ぼくは学習院大学から転々として最終的には研究所長を大過なくつとめて、めでたく退職。特殊法人、財団、私立大学などの非常勤の名誉職のようなものをいくつかつとめたが、いずれも隠居しごと。ふたりいっしょの時間がふえた。

七十歳をむかえて世田谷に建てた家に蟄居する決心をした。ここでのふたりの「老後」の暮らしは、静謐そのものだった。ぼくは通勤などというものとは無縁になっていたし、執筆活動はつづけてきたが、締め切りに追われるといったようなあわただしい世界からは完全に離脱することを決意していた。だから、それまで十年余住みつづけていた白金の家を売ってここに引っ越したのはよかったとおもっている。

あなたがあの若さで勇敢にも銀行と交渉して苦労のあげくにやっとつくりあげた太秦の家からはじまって、ぼくたちはほうぼううごきまわった。土地家屋の売買もあったし、仮住まいやマンションでの生活もあった。外国でもずいぶんあちこちに住んだ。

引っ越しの回数は数えてみると、すくなくとも十五回。二十年間住みつづけている世田谷のこの家は最初で最後の最長新記録になった。この家にはあなたの七十歳の誕生日七月七日に引っ越した。七ならびのラッキーセブンだよ、パチンコなら大当たりだ、とぼくがいったら、うれしいわ、とほんとうによろこんでくれた。おまけに、この家はぼくたちに馴染みの青山、渋谷、下北沢という旧大山街道に沿ったところにあり、ふたりの出生以来のナワバリのなかだから気が休まった。

だが、あなたがその原点になった太秦の家を思い切って新築したのは切実な戦災経験があったからだ、とぼくはおもっている。「ほかのひとにはわからないでしょうけど、家がなくなる、ってのはたいへんなことなのよ」とあなたは口癖のようにいっていた。どんなにせまくてもいい、ここが「うち」だ、といって安心して寝起きできる場所が確保されてはじめて生活というものがあるのだ、というのがあなたの人生の基本哲学だったのである。

多くの女のひとが欲しがるような宝石や時計、ブランドものの衣料品やバッグなどというものに無関心だったかわりに、あなたがなによりもだいじにしていたのは「住まい」であった。住宅であった。

　くりかえしになるけれど、ぼくの家は空襲で焼け残った。食べるものはなくても雨露をしのぐ屋根も壁もある住宅はあった。しかし、あなたの家は敗戦の年の五月二十五日の大空襲ですっかり焼けてなくなってしまった。なんにもない焼け野原に呆然と立ちつくし、どこかでみつけてきたムシロのうえで幾晩も野宿しなければならない、という残酷な経験が、当時十五歳の少女だったあなたにとっての心の原風景だったにちがいない。晩年になっても、しばしば空襲と戦災について回想し、「いいわねえ、こうして静かな部屋にエアコンがあるなんて、夢みたい」といっては、かならずあの表参道に山積みされた焼死体のありさまをくりかえし語りつづけた。

　つまり、ぼくのみるところ、あなたには「空襲・戦災・焼死体」という原体験があり、そこからどうにかして脱出したい、という願望が人生の主旋律になって消えることがなかったのだ。だから「家をもつ」ということについて、あなたは異常とおもわれるほどの関心をもちつづけていたのではないのか。こどもが生まれたり、ぼくの収入がすこしふえたりして余裕ができてきたりすると、ぼくたちはつぎつぎにあたらしい住まいをつくって住生活の改善を設計し、実現してきた。家をつくるのは一生にいちどの大事業というが、ぼくたちはおどろくなかれ、五回も家を新築した。すべてあなたが率先して立案し、設計したものだ。そのたびに住環境はよくなり、ひろくなり、住みやすくなった。

　あんまりなんべんも新築したり転居したりしているものだから、京都の友人のひとりは、「あんたもマメやなあ、着道楽、食い道楽、なら知っとるが、あんたは普請道楽や」といってなかば呆れ、なかば感心したようなことばでぼくのことを評した。

　なるほど、第三者からみればそういうことになるのだろう。だがその根源になっていたのは家政の主人公たるあなたの「戦災トラウマ」にちがいなかった。

　後年、東日本大震災など大規模災害のニュースを耳にするたびに、

「かわいそうに、ツラいでしょうね、でもそういっちゃわるいけど、おなじ罹災者なのに、いまは炊き出しだとか仮設住宅だとか、すぐにみんなが手伝ってくれるからいいわよねえ。空襲のときは『焼け出され』というだけで、だれも助けてくれなかったんだから、天地の差だわ」

　と感想を洩らすのであった。

　結婚後さいしょの住まいはケンブリッジの屋根裏部屋だったし、京都であなたが頑張って建ててくれたさいしょの太秦の家も間仕切りのないワンルームだった。おなじ太秦

で二軒目の家をつくったときにはちいさいながらも３ＬＤＫ。だが、まだ満足できるだけの広さを確保することはできなかった。

　一九六〇年代のなかばに太秦から下鴨に越したときには家の面積はかなりふえて、二階には大小とりまぜ部屋が五つでき、ふたりのこどもたち、そしてぼくたちそれぞれの部屋ができた。あなたがじぶんだけの「個室」をもったのはこの下鴨の家がはじめて。結婚生活十年あまりでやっとぼくたちはそれぞれの「じぶんの部屋」をもつことができたのであった。

　そして、ぼくたちが晩年の二十年を過ごした世田谷の家は、あなたの理想をほぼ実現できた。この家にはずいぶん手間も費用もかけた。大手の建設業者の住宅部に設計、施工を発注し、あなたは建築家から現場監督まであらゆる関係者と発注から完成まで一年半くらい毎日のように打ち合わせをしていた。

「そうね、門からのアプローチは鉄平石じゃなくて、滑りにくい陶板はないかしら？　鉄平石は見た目はいいけどお掃除もめんどうだし、つまずくこともあるでしょ。いいのがあったら見本帳もってきてちょうだい」

「洗面所の壁紙、クリーム色に地味なペイズリー模様にしたいんだけど、そんなの、あるかしら？」

「ここの小窓、図面じゃハメ殺しになってるけど、通風がよくないじゃない。片開きにしてくださらない？」

　色見本や設計図と首っ引きでつぎつぎに質問したり、指示をしたりするあなたをみて、現場の職人たちも、その熱心さにさいしょはおどろき、やがては感心して「奥さん、コマかいところに気がつくねえ」などといいながらていねいなしごとをしてくれた。

　そのおかげで、この家はやっとぼくたちの願望を完全にみたしてくれるものになった。ここに出現したのは、たんなる住宅ではない。これはまぎれもなくあなたが精魂かたむけた「作品」だったのである。

　なによりもここで実現できたのはそれぞれのゆったりとした個室であった。あなたは二階の北東に「じぶんの部屋」をつくり、デスクと椅子を置き、壁面には書棚を配置し、壁紙から床材料までじぶんの好みで設計した。そして部屋の半分はアトリエにしてイーゼルを用意し、油彩用の道具などがそのかたわらに置かれていた。

　その部屋からは道路を見下ろすことができたし、三十メートルほど離れたところにある区立の公園の片隅も視野にはいっていた。ここに「じぶんの部屋」をさだめたとき、あなたは「あたしが、ここで監視をしてるから安心して」といった。「へえ、『ラインの監視』かねえ」とぼくはからかった。「ラインの監視」というのは、アメリカの推理作家ダシール・ハメット原作、ベティ・デイビス主演のぼくたちの世代にはお馴染みの映画の題名である。あなたはふたりの「終の棲家」となったこの家を設計し、ここでの「じぶんの部屋」をこの位置に決めてうれしそうだった。

　ぼくは半地下に書庫と書斎をつくった。ぼくたちの共通の生活空間、つまり居間や食堂、台所などは一階にある。だからおおげさにいえばあなたは二階に住み、ぼくは半地下、そして食事やテレビの視聴など一日合計三時間ほどだけ一階で「会って」いたのだった。いうなれば二階の居住者と地下室の居住者が毎日数回、一階のＬＤＫでデートをかさねていたようなもの。テレビやコンピューターだってそれぞれの部屋に一台ずつ。もちろん寝室も別々。それぞれが独立した快適な「居場所」を確保することができたのである。

　間取りから内装、家具とその配置、あなたの神経はこまやかだった。国内はもとより海外でも、これはと気に入った家具や什器をみつけるとそれを買ってきた。どっしりした家具をもとめて横浜までいったこともあるし、食卓と椅子は旅先の北欧で買い、居間のスタンド台は香港で買った。船便で送ればそんなに高い買い物ではなかったが、そんなふうにしてあなたは家のなかをととのえることに専念していた。おかげで我が家は専門のインテリア・デザイナーからも賞賛されるほどみごとにできあがっている。その状態を維持することはぼくにのこされたしごとだ。遺志を継いで、スタンドのランプ・シェードを新品にとりかえたり、クッション・カバーをクリーニングにだしたり、あなたを想いながら毎日をすごしている。

二〇二〇年には全室のカーテンをとりかえることになっていた。「来年はいっしょにやろうね」という生前からの約束なのだもの、ちゃんと実行した。ほら、「見てごらん、こんなふうにしたよ」とぼくが完成したカーテンを指さして仏壇のまえで語りかけたら、あなたが、「ほんとだ、よくやってくれてるじゃない」と答えてにっこりしてくれているかのように思えた。

あなたはもういないけれど、あなたの寝室にはまったく手をくわえていない。あなたがじぶんで選んだコロニアル風の落ち着いた家具もぜんぶそのままの配置にしてある。毎日、朝晩にぼくはあなたの「記念室」とでもいうべきその寝室のまえを通りかかり、「おはよう」そして「おやすみ」と声をかけることを忘れてはいない。そのあなたの寝室はぼくの寝室の隣である。だからとても淋しいけれど、ふしぎな安心感をもって毎日をすごすことができている。これがぼくたちの最後の「マイホーム」なのだった。

19　手すさびあれこれ

あなたは退屈ということを知らないひとだった。いつもなにかをしていた。いろんなことに興味をもち、学習欲の強烈なひとだった。わからないことがあると手元の電子辞書、そしてコンピューターに馴れてきてからは検索エンジンをつかってすぐにしらべて、「あ、そうか」とひとりごとをつぶやきながらメモをとっていた。その習慣は晩年もずっとつづいていた。

ふりかえってみると、あなたはずいぶん多趣味で、いろんな手すさびをしていたなあ。洋裁や手芸も達者だった。例の「オンマチャン」だってわずか十センチたらずのぬいぐるみなのに、ちゃんと朱色の鞍をつけ、周囲には刺繍もしてある。ずいぶん丁寧なしごとである。あらためて「よくこんなもの、つくったね」と感心したら、「だってあなたにあげるんだもん、一所懸命縫ったわよ、それにあのころはなんでもじぶんでつくってたじゃない」といわれて、一九五〇年代のことを思い出した。

そうだ、あのころは戦後の復興期とはいえ、すべてが不自由だった。衣食住ことごとく貧しかった。身につけるものはほとんどが手づくりであった。とりわけ女のひとは、じぶんの服はスカートからブラウスまでぜんぶじぶんのミシンで仕立てていた。なにしろ「洋裁」が流行して、ほうぼうで型紙を買ってきては、それにあわせてミシンをかけて服をつくる、というのがごくふつうの時代だった。

　あなたはミシンでじぶんの洋服をじぶんで仕立てた。なかなかの腕前で、いつも颯爽としたいでたちだった。シカゴ在住のときも事情は似ていた。シンガー・ミシンの小売店が近所にあって、ミシン本体はもとより部品や機械油なども売っていた。その店は布生地もたくさん売っていて、お友達といっしょにさまざまな生地や型紙をあなたが品定めしているあいだ、ぼくは店のそとで憮然として立ち尽くしていた記憶がある。

　たしかに、あのころはアメリカのご婦人たちにとっても、じぶんやこどもたちの着るものはじぶんで生地をえらび、じぶんでミシンをかけるのがふつうだった。既製服などというものはよほどの高級品で、庶民のものではなかった。

　余談になるが、ぼくたちのシカゴ時代、ウールワースという日用品百貨店チェーンの店頭にはワン・ダラー・ブラウス、つまり一着一ドルという安いブラウスが陳列されていてよく売れるようになっていたのを思い出す。なぜそんな安いブラウスがあったか、といえばそれらがぜんぶ日本製だったからだ。あのころの日本はいまの途上国とおなじような状態で、縫製の賃金も安く、もっぱらワン・ダラー・ブラウスに象徴されるような安手の雑貨や衣料品の輸出で外貨を稼いでいたのである。ひょっとすると、あの阿蘇春丸の積み荷もそんな「メイド・イン・ジャパン」の安直な日用雑貨だったのかもしれない。あんなものでせっせと外貨を稼いだからいまの日本の基礎ができたのであった。

絵を描くのも好きだった。あれはたしか一九七〇年代の後半、「あたし油絵を習うことにしたわ」と当時開校したばかりのカルチャーセンターの絵画教室にさっさと通いはじめた。毎週、水曜日になると、小学生のようにいそいそと家をあとにし、教室でできた友人たちと昼食をともにして帰ってきた。「うちでも描かなきゃ」といって小型のイーゼルを購入して、じぶんの部屋の片隅で絵筆をもっていた。描くものは果物、花、それにテーブルの上の雑器など静物画。どれをとっても生活の匂いがする。素直な絵だ。

この教室の先生は有名なかただった。それだけに初歩から系統的に手ほどきしてくださるもの、とあなたは期待していたが、どうやらそうではなかった。

「あの先生、絵の描き方なんかちっとも教えてくださらないのよ、ニコニコしながら教室の生徒たちのあいだをグルグルまわって、冗談ばっかり、でもお友達ができて、おたがい批評してるうちに絵というものがわかってくるの、ふしぎね」

といいながら、十年ちかく通いつづけた。この先生の指導方針は自由放任主義。時間外に夜の新宿で生徒たちといっしょにお酒を飲むのが大好きなようで、あなたもそれにおつきあいすることがときどきあった。絵の勉強はたのしそうだった。その時代の作品のなかの二〇号の絵が二枚、ぼくの書斎に飾ってある。白いチューリップとレモンを配した静物画である。

あなたの絵は明るく、さわやかだった。好きな画家は西洋ではブラマンク、日本では中川一政。印象派ではモネ。とりわけ中川の絵を愛し、十年ほどまえだったか真鶴《まなづる》の中川一政美術舘まででかけたりもした。「でも、あたしにはああいう力のある絵は描けないわ」といってボナールのやわらかくやさしい光に学びながら、さわやかな筆づかいで描いていた。色彩も鮮やかで明るい青系統の絵具をよくつかった。

さすがに晩年は絵筆をもつのもオックウになったらしく、たまにキャンバスに向かっても「ああ、くたびれた」といって一時間もすると途中でやめるようになってしまった。その最後の未完成の作品は三号の小品で季節の果物、桃ふたつとブドウが主題。逝く二週間まえ、九月二日、とキャンバスの裏にエンピツで書いてある。それが遺作になった。その小品はぼくが座る食卓の位置から斜めむかいの壁にかけた。

タイル細工に凝った時期もあった。ポルトガルにいったとき、色とりどりのタイルに

魅せられて、

「ずいぶん手のこんだデザインだわねえ、モスクもすばらしいけど、気の利いた小物もあるわね、イスラムの美術って素敵じゃない。色のバランスもいいし、こんな幾何学模様、いいわ、こういうの大好き。あたし、やってみるわ」

といったのがはじまりで、タイル工芸の入門書を買ってきて、ちいさなテーブルだの花台だの、いろんなものをタイル細工でつくりはじめた。うちの食卓のまんなかにあるちいさな飾り台もその作品のひとつである。一辺わずか一センチたらずのこまかいタイルを紺、紫、白、空色、と四色でじょうずに並べ、それをパテで根気よく固めたこの台のうえにコーヒー・メーカーを置いて、ぼくはいまもひとりで毎朝のコーヒーをいれているのだけれども、よくぞここまで、と呆れたくなるほどの「職人根性」があなたにはあった。そういう数々の「文化遺産」にかこまれてぼくは生きているのである。

20　チェックメイト

うちの居間の、庭に面した特等席には、特注品のチェス・テーブルが置いてある。そのテーブルをはさんで晩年のぼくたちは毎日、午後のお茶の時間のあと、しばらくこのゲームをたのしんでいた。

なぜこんなことになったのか、そのはじまりはまたシカゴ時代のことにもどる。既婚院生のためのバラックでの暮らしについてはまえに書いたが、ぼくたちが住んでいたそのバラックは、かつてのシカゴ万博（一八九三年）のときに建設され、いまは緑ゆたかな自然公園になっているミッドウェーに接していた。春から初秋にかけてはこの緑地帯はすばらしいピクニックの場所であった。お手製のサンドイッチとコカコーラの瓶をもって、ぼくたちはミッドウェーの芝生で昼食をとった。あのさわやかな情景はいまでも鮮明によみがえってくる。

でもシカゴの冬はおそろしく寒い。住居には石炭ストーブがあって、それをガンガン燃やして室内はあたたかかったが、そとは亜寒帯。零下二十度といった日もあった。じっさいシカゴというところは別名ウィンディ・シティ、つまり「風の街」というほど強風の吹く都市である。北極圏からミシガン湖をわたって寒気が直接に吹き付けてくる。どうしても室内生活が中心になる。

　そんななか、ふと思いついて、退屈しのぎにチェッカーでもやろうか、と提案した。とりあえず牛乳瓶の丸い紙ブタを二十四枚かきあつめて黒白それぞれ十二枚ずつ用意し、大きな用紙にマス目を描いてこのゲームをはじめた。簡単なゲームだからあなたはすぐに上達しておたがい互角というところまできた。

　やりはじめるとおもしろくてたまらない。ぼくたちはチェッカー狂になった。寒い冬の週末などは朝から晩までふたりでチェッカー、というほどのめりこんだ。当時、おなじシカゴ大学に勤務しておられた東大理学部の先生もそれに参加してくださったので、ずいぶんニギヤカになった。理学部の先生なら当然お強いだろう、と観念したが、さにあらず、理学博士がしばしばウムと首をかしげて、あなたにアッサリ負けて、「もう一番」とフラフラになるまで、チェッカーに励んだ。

　そうなると当座の間に合わせの牛乳瓶のフタではどうにも満足できない。チェッカー一式、といっても厚さ二ミリほどの盤とプラスチック製のコマのセットを奮発して買うことにした。そんなに高価なものではなかったが、その思い出のチェッカー盤はいまも健在で我が家の居間の飾り棚のヒキダシのなかにある。じっさい、その後もときどき、ぼくたちはこのチェッカー盤をテーブルのうえにひろげてあそんでいた。そのチェッカー盤にはあなたがエンピツ書きでしるした“June 3,1955”という日付とふたりのイニシアルをならべた文字がのこっている。ときおり、「まだ、こんなのが残っているのねえ」とじぶんがしるしたその文字をなつかしそうにながめていた。

そんなふうにして、ヒマなときにはチェッカーであそんでいたのだが、たしか還暦の前後のある日、あなたは突然、「あたしチェスを習いにいくことにしたわ」と宣言した。油絵を習っていたカルチャーセンターで「チェス教室」という広告をみたのがキッカケだったらしい。「チェス？　それもいいねえ、いってらっしゃい、教えてもらって、いっしょにやろうよ」とはげましたら、さっそく通学しはじめた。夕方の教室で秋から冬にかけては帰宅時間には真っ暗になっていたが、熱心に通って、毎週その翌日にはぼくにその基本を教えながらの対局、ということになった。どこかで安物のチェス盤と駒一式も調達してきた。

チェスは基本的にはインド発祥の卓上ゲームで、いわば西洋式将棋である。

「おなじ将棋でもチェスのほうがずっと高尚にみえるじゃない、西洋じゃ貴婦人だってチェスは教養のあかしなのよ」

　といったしだいで、こんどは我が家でチェスがはじまった。

「いくら貴婦人のたしなみだって、チェスなんて、ずいぶん男っぽいじゃないか？　ジェームズ・ボンドや刑事コロンボなんかにでてくる頭脳明晰な紳士のゲームなんじゃない？　もちろん庶民のあいだでも盛んだけど、やってるのはみんな男だろ？」

「そうよ、あたしは兄がとってた『少年倶楽部』で育ったんだもん、男の子に負けないわよ」

　と毎度のことながら少女時代の自慢がはじまった。あなたはどうやら兄上から影響を深くうけた「お兄さんっ子」で「少女文化」というよりも「少年文化」のなかで育ったらしい。

　だから、あなたは「少年倶楽部」や「少年講談」に登場する人名や物語にくわしかった。宮本武蔵はもとより荒木又右衛門、田宮坊太郎、岩見重太郎、山中鹿之助、さらには国定忠治から沓掛《くつかけ》時次郎にいたるまで英雄豪傑のことはなんでもおぼえていたから、ぼくたちには昭和初年の少年たちに共通の教養があった。多感な青春期には太宰治に憧憬の念を抱きながら、その下地には「少年倶楽部」の名場面があったのである。じっさい、ふだんの会話のなかで、ちょっと気まずいことがあったりしても、話題を講談の主人公に切り替えて、霧隠《きりがくれ》才蔵だの、戸沢白雲斎だのといった人物を論じはじめると、おたがい熱気を帯びて、いつのまにか昭和初期の少年文化のなかに没入するのであった。

「いくら貴婦人だって、王様を殺すなんて殺伐すぎるよ」

「巴御前《ともえごぜん》だってジャンヌ・ダルクだって女でしょ、容赦はしないわよ、さあ、かかってらっしゃい」

　これもやりはじめたらおもしろくなってやめられない。さすが教室で鍛えられただけあって、あなたは強かった。こっちはいつも負け続けだが、独習でいろんな手を考案した。そして敵のうごきをみながら、勝敗をみきわめて「チェックメイト」と宣言するときの快感はなにものにもかえがたい。

　そこまでふたりで毎日チェスにのめりこんだものだから、いつだったかロンドンにいったときにハロッズの売り場で世界競技の公式戦にも使用されているという最高級のチェス盤と駒一式を思い切って買うことにした。一辺六十センチ、ちょっと重みがあるしカサばる。どうにか頼み込んで飛行機では機内持ち込み荷物にしてもらって我が家に持ち帰った。

　さて、この大きさのチェス盤をのせて対局、ということになったのだがこんどは適当なテーブルがない。そこでこんどはそれにあわせたテーブルを注文し、庭の緑をながめながら午後のお茶のあと、毎日チェスをはじめたのはもう十年くらいまえのことになるだろうか。だいたい一局だが、興にのると数局。それが日課になった。成績は手帳に書き留めた。

二〇一九年九月十五日の記録ではおたがい一勝一敗。そのゲームを終えて、夕食をとり、そしてその翌朝にあなたは逝ってしまった。最終戦の勝者はあなたであった。

21　我が家の植物誌

ブアスティン夫人が来日したとき、路傍の草花を目ざとくみつけて、その名前をあなたに訊ねたことはまえに書いたが、あなたもまた、どこにいってもめずらしい植物をみつけると、すぐに「これ、なにかしら？」と目をとめるだけでなく、枝先をちょっと摘み取ってくるクセがあった。それをたいせつにうちに持って帰って、ガラスのコップにさして、おもむろに図鑑と首っ引きで植物名を同定するのである。

あとでのべるように、ぼくたちの海外旅行はしばしば植物園を目的地にする旅だったが、あなたは街路の植栽や公園でも立ち止まっては、その植物名をメモし馴れた手つきで植物をちょいと失敬していた。

大胆にも有名な公共植物園のなかで栽培されている植物に手をだすこともあった。枝や茎に手をふれて、それを丹念に観察しているかとおもったら、あっというまに十センチたらずの芽のついた先端部分があなたのハンドバッグのなかにおさまっているのだ。

ときにはぼくにむかって、「あなた、ちょっとあっち向いててくれない？」とぼくを見学者の通る道のほうをみるようにさせておいて、ぼくの背後で灌木のなかに足を一歩踏み入れ、目をつけた木の枝先をみごとにちょん切っていたことも二度や三度のことではなかった。

「さしずめあなたがドロボウで、ぼくは見張り役のチンピラ、ってわけか？」

とからかうと、

「人聞きの悪いことといわないでよ、どっちみち切り戻ししなきゃいけないような枝をえらんでるんだから、盗んでるんじゃなくて、いただいているの。シーボルトだってアジサイを日本から勝手にヨーロッパにもっていったじゃない。それに、日本語には花盗人《はなぬすびと》っていうキレイなことばがあるんだから、それをいうなら、せめてそういってちょうだい。花盗人も風流のうち、っていうじゃありませんか」

あなたはいっこうに悪びれるふうもなく弁ずるのであった。

そのようにして「いただいた」ちいさな枝先をあなたはじょうずに持ち帰った。海外の植物園や公園で「いただいて」きたものはホテルにもどるとすぐに根元を水にひたしたティッシュ・ペーパーで巻き、輪ゴムでとめてハンドバッグにいれて帰国する。我が国の法律ではこんなふうに外国から持ち込んだ植物は植物検疫をうけなければならないのだが、このくらいだいじょぶよ、かえって検疫官が迷惑するんじゃないかしら、べつだん麻薬や毒草じゃないんだから、といって素知らぬ顔で税関のカウンターを通過した。うちにもどると、まずバッグから取り出した植物にむかって、「おつかれさま、くたびれたでしょ」と語りかけてコップに挿し、現場でメモしてきた名前、学名などと照合しながら育てた。成功率は半分くらいだったか。鉢植えで育て、やがて地植えにすると他の植物と生態学的に淘汰されて、どこになにがあるのかわからなくなってしまうのだけれど、それでもあなたの植物収集癖は生涯つづいた。

　ぼくはふたたび太秦の小住宅の庭のことを思いだしている。あの家の「庭」にあった植物はまえにも書いたように近辺の農地や道ばたで摘んできた山野草が中心だったが、そこにある日、はじめて商業的栽培植物としてバラがはいってきたのである。あなたはうれしそうな顔をして、「きょう、これ買ってきたの」とひと株のバラの苗をみせてくれて、いっしょに冬の庭に植えた。初夏になったら一輪の花が咲いた。ぼくたちはそのバラに感動した。あれが我が家でのさいしょの「庭仕事」であった。ふたりとも若かった。

　あれからもう六十年以上が過ぎてしまった。ぼくたちの晩年は気難しいバラという植物につきあうにはもう体力不足になってしまっていた。地植えのバラは根元の雑草を摘み取って風通しをよくしておかなければならないのだが、地面にしゃがみこんでそういう手入れをすることはあなたには無理。いっしょに手伝っているぼくだってツライ。すぐ腰が痛くなる。バラ熱狂時代はおわったのである。

そこでバラにかわってあなたが熱中したのはベゴニアだった。なぜベゴニアなのか。それは京都から東京にもどってきたときはマンション住まいがつづいて「庭」がなくなったからである。白金の一戸建て住宅ですごした時期があったが、この家は敷地が変形で方角もよくなかったからバラを育てる「庭」のかわりに、ちょっと広めのサンルームを設計して「庭」を「室内化」することにしたのだ。そこでベゴニアを育てはじめたのである。

この植物はちょうどそのころ欧米経由で原産地の南米やアフリカから輸入されたもので、初夏から初秋にかけて可憐な花を咲かせるが、通年、観葉植物として部屋を飾ってくれる。

「これ、おもしろいわね、あたし本気で勉強してみるわ」

というと、あなたはたちまち日本ベゴニア協会という団体に加入して、この地味でちょっと風変わりな植物の研究者になった。合計二十鉢ほどをみごとに育てた。

そのあなたがいなくなってしまったのだから、そのベゴニア群の相続人はぼく以外に

バーミンガム植物園 2010

いない。この春には鉢替えの作業をして、それぞれの品種の名前をちいさなプラスチックの名札に記入したが、二種類だけわからなかった。専門家にきいても判別不能という。しょうがない、ぼくはあなたの名前をそのまま名付けて鉢の名札に書くことにした。ひとつは「タカエ」、もうひとつ斑入りのほうは「タカエＦ」である。どっちみちぼくたちだけがわかれば、それでいいではないか。

かんがえてみると、いまの暮らしのなかで、この家のなかでぼくといっしょに呼吸している生き物はこれらの植物群だけである。毎日、二十分は水やりや切り戻しなどの手入れにかかるけれどもそれもたのしみになってきた。ほんとうにいい友人をたくさんのこしてくれたものだ、とおもっている。

22　ニトロとともに

はじめて１１９という救急呼び出しをしたのは十年ほどまえの春のことだった。「おやすみ」といってそれぞれの寝室にはいったのだが、ベッドにはいったとたんに隣のあなたの寝室から激しいセキの音がきこえてきた。そこでみたのは真っ赤な顔をして苦痛にみちたあなたのすがた。

とっさに救急車の手配をしたら、わずか数分で到着して屈強な若い救命士が三人、手際よくベッドから厚手の毛布にからだを移動させ、即座に車中で人工呼吸などをはじめ、かかりつけの病院まで搬送してくださった。病院では即座に集中治療室にはこばれ、さしあたりは肺炎という診断。やがてその原因が心筋症とされ、いろんな医療機器がからだのあちこちにつながれた。腕には点滴のチューブが差し込まれた。あの日の夜は徹夜でいっしょに病室ですごした。

そのあと、二週間ほどの入院生活がつづき、やっと本復して帰宅したが、それだけで体重は五キロほど痩せ、おまけになんだかからだがちいさくなって、身長も三センチほど低くなった。たぶんほとんど寝たきり状態で腰の骨粗鬆症が一段とひどくなったのだろう。からだのうごきもだんだん苦しそうになり、動作も不安定になってきた。そんなことが何回もあって、そのたびに救急車のお世話になっていたから、さいしょに書いた「あの日」も、またか、とおもったのも当然といえば当然だった。

退院後、その症状をみて、ホームドクターは、「万一、発作をおこしたら、すぐにこれを服用させて、それでも様子がおかしかったら、すぐに救急車をよぶように」、といって、ニトロペンという舌下錠を処方してくださった。ぼくはそのニトロをいつでも出せるように手元のヒキダシにいれ、外出のときにもこの錠剤をいれた小袋をポケットにしのばせていた。

それをはじめて服用したのは二〇一五年のことだったか、美術展をみにいったときのことだった。いろんな絵をみながらゆっくり歩いていたあなたは突然うごけなくなり、「もう歩けないわ、なんだか気分がわるくなっちゃった、どうしよう」といったまま床に座り込んでしまった。ぼくはあわててニトロを口にふくませ、係員に頼んで事務室のソファで休ませてもらった。さいわいニトロが効いて、顔色もよくなり、そのあと行きつけのレストランで食事をとって帰宅した。

そういう発作はだんだんふえてきた。ぼくたちのホームドクターの医院はほんの目の前といっていいほどの距離。ふつうに歩いて五分もかからない。その医院にゆく途中で、あたし歩けない、といってしばし立ち止まったこともあった。

亡くなるひと月ほどまえの夏の日、これもうちから三百メートルほどのところにある眼科のクリニックまで検診にゆこうとしたら、「きょうは暑いし、なんだかダルいからクルマで送ってくれる？」といった。いつもならゆっくり歩いてゆける距離なのに、珍しいことであった。いいよ、と答えてクリニックまで送ったが、さて駐車場がない。しょうがないからクルマをうちのガレージまで戻して、診療がおわってから、電話をもらってまた迎えにいった。こんな近距離移動だけなのに、それまでにそんなことが何回もくりかえされたものだから、クルマなしの生活は不可能になっていた。

すこしさかのぼって二〇一六年の初夏のこと、しばらくは小康状態がつづき、主治医からも、「だいぶ安定してきた」ときいて気をつけながら伊豆のバラ園にいったときに、また異変がおきた。ぼくたちはひろいバラ園に咲き誇るたくさんのバラをみながら歩いていたのだが、その途中で突然、あなたは「あたしうごけなくなったわ、どっか休むところないかしら」といって立ち止まってしまった。あわててちかくを見わたしたが、なにしろバラ園のまんなかである。ベンチなど、どこにもない。日陰をみつけて、さあ、ここで一休み、といって地面にハンカチを敷いて座らせた。すぐにニトロを差しだしてそれを口にふくませたら、しばらくじっとしていて、もうだいじょうぶ、といって立ち上がったが、バラの観賞はそこで打ち切り、やっとの思いでタクシーをよんでもらってホテルにもどった。

いまふりかえってみると、その前兆のようなものはいくつかあった。あれは、まだ自信満々で自動車を運転していたころだから、たぶん還暦前後のことだったろう。ぼくたちは草津から白根山あたりのドライブ旅行をたのしんでいた。白根山の湯釜という火口湖を見物にゆこう、と手前の駐車場に車をいれたら、「あたし、遠慮しとくわ、坂道を歩くと心臓にわるいから」という。循環器に問題があることはかねてからの検診でわかっていたが、そうか、そんなにぐあいがわるいのか、とはじめて思い知らされたのはそのときであった。白根山の標高は二千メートル以上。これだけ気圧が低いとからだがツラかったのだろう。

でも、それ以前はきわめて健康だった。四十代のおわりのぼくたちはまだ元気いっぱい。カナダのロッキー山脈を一週間ほどドライブして氷河めぐりもしたし、高原のリゾート地アスペンでのセミナーにも参加していた。いずれも標高二千五百メートル。かなり酸素が希薄になっていて、息苦しくなったりもしたし、テニスのボールまで「高地用」という気圧調整をしたものを使っていた。それでも、あのころはそれほど身体的な不調を口にしたりはしなかった。それどころかコロラド河上流ではラフトの渓流下りをたのしんだりもしていた。それが六十代になったら白根山の中途でダウンしてしまったのである。

その後もときどき動悸がはげしくなったり、めまいがしたり、ということがかさなった。そして、七十歳をすぎてからの健康診断であなたはかなり重度の心筋症と診断され、毎月、定期的に循環器内科の外来に通院し、いろんな薬の処方をうけるようになっていた。薬はあれこれあわせて十種類くらい。そして、それだけの手当をしながらも、すでに書いたように、ここ数年のあいだになんべんも発作がおきて、緊急と判断したときには救急車のお世話になっていた。

そういう経験が重なって、ほとんど毎年のように入院するようになると、そのたびに体重は減り、動作も苦しそうになってゆくのがわかった。何回目かの入院のときには脳梗塞の疑いもある、というので救急搬送されてすぐに集中治療室にいれられたこともあった。頭をうごかしてはいけない、といわれてベッドに固定され、点滴だけで三週間ちかくをすごしたときにはすっかり痩せ細ってしまっていた。あのときの診断は当直医の大事をとっての判断で、じつは耳からくる「めまい」であったことがのちに判明したが、何日もベッドに固定されて寝たきりになると歩行も困難になる。いったんおとろえた脚力は回復しない。

　退院して自宅療養になっても家のなかを歩くことさえむずかしくなるのではないか、ひょっとして車椅子生活になるのではないか、その最悪の状態を想定して入院中に家のなかを改造した。もともとこの家を設計したときから廊下などはぜんぶ百二十センチ幅にして、階段についてはさらに傾斜をゆるやかに、と注文してあったが、それにくわえて浴室やトイレに頑丈な手すりを取り付けた。入院が三週間という長期のものだったから、出入りの工務店が工事をひきうけてくれた。とにかく無事にうちに帰ってきてくれればそれでよい。そんな経験がいくたびもかさなっていた。そうかんがえれば、あなたの急逝は「想定範囲内」ということだったのかもしれない。

　それでもあきらめきれないのである。ポケットのなかの救急用のニトロの袋を捨てたのは新盆がすんでからであった。

23
妻は夫を

いつだったか、ふと思いだして「妻は夫をいたわりつ……」と一節を食卓で口にしたら、そのあとをとってすぐに「夫は妻に慕いつつ」とつづけてくれた。いうまでもなく、これはお里、沢市の純愛劇、浄瑠璃「壺坂霊験記《つぼさかれいげんき》」を浪曲に仕立てた浪花亭綾太郎による名セリフである。こんなセリフが頭の片隅に眠っていて、それがなにかの拍子によみがえってくる。それも講談や軍歌とならんで、浪曲もぼくたち昭和一ケタの基礎教養というものなのだろう。

じっさい、ぼくたちの晩年、つまり八十歳をすぎてからの生活は「壺坂霊験記」を連想させるようなものだった。毎日、おなじようにのんびりした暮らしをしながら、ときには旅行にでかけたり、劇場や美術館に足をはこんだり、気分がいい日には料亭やレストランでゆっくり夕食をとったり。まずまずはおだやかな日々というべきだったし、ひとさまから見たらずいぶんめぐまれた境遇だっただろうが、ふたりとも心身の衰弱だけは止めることができなくなってきていた。こればっかしは、しょうがない。

　あなたの病歴については、これまであれこれと書いたが、ぼくにもかなり深刻な持病がある。もう二十五年もむかし、六十五歳のとき、ぼくは人間ドックの定期健診で消化器に異常があることを知らされた。それまで三回ほど胃潰瘍を患ったことがあったし、それは内服薬と自宅療養で完治していたから、またか、と軽くうけとめていたが、念のため友人の内科医に再検査をしてもらったら、「初期ガンの兆候がある」といわれた。さらに専門医の診断をうけて初期の胃ガンであることが判明した。

　いまだったら内視鏡で切除することができるほどの早期発見だが、当時の医学では開腹手術以外に方法はなかった。「早ければ早いほうがいい」というので診断をうけて二週間後に手術ということになった。そしてその結果、胃の三分の二がなくなった。入院生活は一ヶ月以上。ずいぶんツラかったけれど、おかげさまで、どうやらここまで生きることができた。

　しかし、その胃ガンの後遺症はいまもずっとつづいている。どこがどうわるいのか、といえば、どうしても腸の癒着部分に異常が発生してしまうからだ。いくら名医の執刀による手術でも、患部を取り除いたあとの消化器にはなんらかの異常がのこる。腸にできた傷跡がなにかの拍子で詰まったり、ねじれたりするものらしい。

その結果、消化器の状態は不安定で、しばしば腹痛だの吐き気だのにおそわれる。そして下痢や便秘が不定期に発生する。理由は食べ物の種類、運動量、睡眠、処方薬や頓服の微妙な作用などさまざまらしいが、食後に起きるダンピングという症状は慢性的だ。この癒着というやつは、どうにもならない、と病院の主治医もホームドクターも口をそろえておっしゃる。もういちど開腹手術をして、よしんばその癒着部分をどうにか処理できたとしても、それが原因でまたべつな部位に癒着が生まれることがある。だから、この痛みや不調は我慢する以外にない。そのうえ、「これが原因で腸閉塞になったら生命にかかわるから、やわらかいものをよく嚙んで、ゆっくり食べること」といって痛み止めの薬もいくつか処方されている。

そんなわけで、ぼくはこの二十五年間、ガンの後遺症でずいぶん苦しんできた。たのしいはずの食事も途中で急におなかが痛くなって、我慢しきれずにベッドで横になる、といったこともときどきある。一時間も仮眠をとれば、だいたい回復するのだが、こういう消化器の異変が起きるたびに、あなたにどれだけ心配をかけたかわからない。暗い寝室で腹痛をかかえて天井をみつめながら呻吟しているとき、「だいじょうぶ？」とあなたが様子をみにきてくれるのがぼくにとっての救いだった。ぼくがあなたの循環器の発作をしょっちゅう気づかっていたのとおなじように、あなたはぼくの消化器の発作をいつも気にかけてくれていたのだった。

　いま、ひとり暮らしになったぼくのからだには、あたりまえのことだが、まだおなじ症状がつづいている。気をつけてゆっくり食事をとっているつもりだが、人体のなかで消化器、とりわけ腸という器官は気まぐれだ。いつ、どんなことになるか、本人にも見当がつかない。毎日が不安でない、といったらウソになる。

　その慢性的胃ガンの後遺症だけではない。聴力が急激にわるくなった。八十五歳のときだったろうか、毎年春に開かれていた中学の同窓会でたまたま隣に座った旧友が補聴器をつけているのをみて、「それ、よく聴こえるようになるのかい？」ときいてみたら、「うん、ずいぶんよく聴こえるよ」という返事がかえってきた。さっそく耳鼻咽喉科で検査をうけた。ドクターは「かなり難聴がすすんでます、治すことはできませんが補聴器もいいでしょう」と処方箋をつくってくださった。それを持ってデパートの売り場にゆき、補聴器をつくってもらうことになった。さいしょは右耳だけだったが、左もだんだん聴こえなくなってきた。

　補聴器というものをはじめて装着してみたら、なるほど聴こえて便利なものだとおもったが、どうもこの機械には指向性があって、妙なところから音がはいってくる。せっかくコンサートにでかけても、正面のオーケストラの演奏ではなく、後ろの席にすわっているひとの咳払いのほうが大きくきこえたりする。まことに厄介である。だから、補聴器はめったにつけていない。よほどの大声や大音響ならきこえるが、それはあくまで「音」がきこえるだけで、意味のある「ことば」が判別できるとはかぎらない。

その難聴がつい二年ほどまえからひどくなった。その結果、あなたが「お茶がはいったわよ」と呼んでくれても書斎にいるぼくにはきこえなくなってきた。そんなとき、あなたは手すりにしっかりつかまりながらゆっくり下りてきて「呼べど答えず、さがせど見えず……」とここでも軍歌（「広瀬中佐」）を歌って声をかけてくれるのであった。

それでも難聴はひどくなるいっぽうだった。ある日、あなたは「ああ、あれがあったわ、どこにいったかしら？」とつぶやきながらカウベル、つまり牧場でウシの所在を判別するための鈴を小型にしたオモチャのようなベルをさがしだしてきた。あれはアイオワにいたとき、あのひろびろとした中西部の住宅地でうちのこどもたちが裏庭や近所の植え込みなどであそんでいるとき、食事ができたことを知らせたベル。そのカランカランという音は二十メートルくらい先まできこえる。それがみつかった。その古いカウベルを台所で鳴らすとそれは書斎にまで響く。「とうとうウシ並みになっちゃったのね」と笑いあった。

テレビをつけても、セリフもナレーションもきこえない。きこえないから音量をあげる。「こんなにしないときこえないの？」となかば呆れながら聴力を心配してくれた。やがて手元スピーカーというものを買って、さらに字幕放送というのを利用してテレビ問題はかなり解決したが、難聴がすすむと夫婦の「会話」もとぎれとぎれになる。ぼくとの暮らしにあなたはもどかしさを感じていたにちがいない。

そんなふうに、おたがいかなり深刻な病歴と持病をもちながら、ぼくたちはその晩年をたのしくすごしてきた。ありがたいことに、車椅子はもとより、杖にたよったりもせず、ゆっくりながらふたりいっしょに自立して歩くことができた。ぼくは左耳のほうがよくきこえるから、あなたはぼくの左がわにならんでぼくの左腕に右手でしっかりつかまって歩いた。何回か入院と在宅治療をくりかえしていたあなたは、ときどき足元がフラつくことがあったし、すぐにくたびれるようになっていたから、こんな姿勢でいつもしっかり腕を組んで歩いていたのである。

そんなぼくたちが小声で話しながら行きつけのデパートの売り場を歩いていたら、顔なじみの女性店員が「まあ、いつもお仲がいいこと」と声をかけてくれたことがあった。そのときあなたは即座に彼女にむかって、「仲がよくなきゃ、こんなに長生きしないわよ」とほほえみながらこたえた。そのやりとりをききながら、ぼくはいまから七十年まえ、祐天寺の駅のあたりで胸をときめかせてあなたの手をにぎったころのことを思いだしていた。

当然、この歳月のあいだにぼくたちは年齢をかさね、もう九十歳になろうとしている。握りあっている手や指も、おたがいずいぶん痩せ細ってしまったが、ふたりのあいだを静かに流れている微弱電流のようなものはすこしもかわっていない、とぼくはおもった。そして、あなたもまたおなじ感覚をわかちあっていることが、指先から確実につたわってきていた。

いっしょに病院にゆくと、循環器内科に消化器外科と行く先はちがったが、それぞれが宿痾をもっていることにちがいはなかった。ともに悪化することはあっても完治することのない不治の病である。だから、ぼくたちはおたがいを気づかいながら老年期をすごしていたことになる。

それを世間では「老々介護」という。だがぼくたちには「介護」という意識はまったくなかった。「きょうはぐあいはどう?」「うん、だいじょうぶ」とおたがいに体調を毎日のようにたしかめあい、どこかに異常があればそれなりに助けあうことは生活そのものであって、けっして「介護」という名から連想されるような苦役ではなかった。

あなたは足元がふらついて歩行困難である。だからぼくの腕につかまってゆっくり足をすすめる。ぼくは耳がきこえないから、ひとさまのおっしゃったことがわからない。

それをあなたが聴いてぼくの左耳に近寄って「通訳」してくれる。「ふたりそろって一人前だなあ」というと、

「そうねえ、『三人片輪』って狂言があったじゃない、あれよかったわね、メクラ、イザリ、オシ、三人そろって一人前。歌舞伎でもおかしくて教訓的なお芝居だったわ。いまの世間のひとって、そういうことがわからないのかしらねえ？　身障者差別って理屈をつけて、あの狂言も上演に反対するひとがいるんでしょ？　ヘンだとおもわない？」

　ぼくも同感だった。ふたり、それぞれに不自由だからこそ、いっしょにいる歓喜と安心感があったのだ。あなたが逝ってしまったあと、ぼくたちのことをよく知っている看護婦さんが、「よく介護なさっていましたね」となぐさめてくれた。でも、なんべんでもくりかえすけれど、あれは「介護」というものではなかった。ぼくにとってあれはかけがえのない「よろこび」だったのである。あなたもきっと、おなじことをかんがえてくれていたにちがいない。だからごく自然に「妻は夫を……」というセリフがぼくたちの食卓の会話のなかにでてきたのであろう。

　晩年のぼくたちはおたがいの病気を助け合う仲間、すなわち病苦と戦う「戦友」になっていたのである。なつかしい軍歌をいっしょに歌っていたのも、しごく当然というべきだった。

24　ニンチごっこ

二〇一七年の六月のこと。その日、いつものように朝食後、居間のソファに腰をおろして新聞を読みながらうとうとしていた。初夏の暑い日だった。きょうもこうして平凡な、そして落ち着いた日になったなあ、と心のなかでおもっていた。

そこに電話がかかってきた。時計をみるとそろそろ十一時である。電話口にでたら某財団の事務局の女性職員で、「先生ですか？　きょうはどうかなさいましたか？」と、ややせっついたような語調である。「いいえ、べつだん、なにかご用でしょうか？」と平然と答えたら、「あの、きょうは十一時から理事会です。まだお見えにならないので念のためお電話しました」と、びっくりしたような声がきこえてきた。

ぼくはあわてて、「あ、すっかり忘れていました、いまからじゃ間に合わない、すみませんが書面出席にしておいてくださいませんか」と答えながら顔から火がでるほど恥ずかしかった。先方は「では、そのようにしておきます」と冷静に対応してくださって、その日はどうにか許していただいたが、一日中その自責の念が胸から去らなかった。

この理事会は日程調整のため数ヶ月まえから書類のやりとりがあり、最終決定の日時もちゃんと書面でとどいている。じぶんが忘れっぽくなっていることに気がついているから、そういう約束はカレンダーに書き込んである。それでも忘れる。そもそもカレンダーをみることすら忘れる。むかしは出版社から送られてくる手帳に毎日の予定を書き込み、一日にいくつもの約束を忘れることはなかったのに、いまは一年に数回のこんな約束さえ忘れるようになっていたのだ。

わが身をたいしたものとはおもってはいないが「騏驎《きりん》も老いては駑馬《どば》に劣る」というコトワザが身にしみてわかってきたような気がした。こんなことがかさなったものだから、それまで関係してきた役職をぜんぶ辞退することを決意した。その始末がぜんぶ済んで、完全無職になったのはあなたが逝ってしまった三ヶ月まえ、正確には二〇一九年六月のことだった。

「らくらくホン」という老人用携帯電話もどこかに忘れてきた。どこに出かけたのかは記憶していたから、心当たりのところをシラミつぶしに電話をかけてきいてみたが、いっこうにみつからない。しょうがないから二ヶ月ほど探索のあげくに結局はあたらしい電話機に買い換えた。これは紛失後一年ほどたってからクルマのシートの下でみつかった。わが認知機能は知らないうちに下降線をたどっていたのである。

おなじことがあなたにも目立つようになってきた。むかしは植物名だのバラの品種など、おどろくべき記憶力でスラスラと教えてくれたのに、だんだん「忘れちゃった」というようになった。朝起きてきて、「きょうは何日だっけ、何曜日？」ときくことも多くなった。何日であろうと、何曜日であろうとおたがい隠居の身なのだからどうでもいいようなものだけれども、それがわからなくなる。ついさっきまで話題にしていたことを忘れて、「なに話してたんだっけ？」という。そう問いかけられるこっちのほうも忘れている。「ほーら、また忘れた」と応じて、それですませていた。

ふたりっきりでこの家のなかにいるかぎり、どんな物忘れをしてもさしたる問題はないのだが、いったん外出したりすると困ったことが発生するようになった。これはたいへんだ、ということに気がついたのは三年ほどまえ、いっしょに百貨店に買い物にでかけたときである。

たいていのものは、ふたりで商品をえらぶのだが、その日は靴下や下着などを買うという。品物えらびは時間がかかる。そのあいだ婦人用品売り場のまえに突っ立って待つというのはなんだか所在ないし、みっともない。だからゆっくり買い物をしているあいだ、こっちは書籍売り場で時間をツブそうということになり、それじゃ四時に五階の待合室で会おうと約束し、その時間にその場所へいって待っていた。

しかし十分待ち、二十分待ってもあなたのすがたはあらわれない。どうしたんだろう、と不審におもって婦人用品売り場に電話で問い合わせてもらったら、だいぶまえにお買い物をすませて立ち去られました、とのこと。いったい、どこにいってしまったのだろう？　そんな不安につつまれていたとき、店内放送でぼくの名前がアナウンスされた。さっそく係のひとに照会してもらったら、やがてあなたは店員に付き添われてやってきた。「ごめん、どこで待ち合わせるのか忘れちゃったのよ」とにこにこしながらいった。

ぼくたちが携帯電話という文明の利器を買おうと決心したのは、これら一連の「事件」があったからだ。これを持ってでかければ、デパートのなかはもとより、日本国中どこにいても居場所がわかるから安心、というわけ。でも、これを使ったことはほとんどなかった。そのケイタイをさきほどのべたように紛失したのだから、まるで落語のオチである。

そんなエピソードはいくつもある。だが、たしかなことはふたりとも認知機能がだんだん衰弱してきている、ということだった。老人になれば物忘れがヒドくなる。ぼくはかつて書いたエッセイのなかでそれを「忘却力」と名づけたが、とにかくなんでも忘れる。こういうのをむかしは耄碌といい、健忘症といい、ボケといっていた。それが「痴呆症」になり「痴」という字がよくないというのでいつのまにか「認知症」という名でよばれるようになった。ぼくたちはだんだん初期認知症になりはじめていたのである。

　でも、このことばをそのまま深刻につかうことにはおたがい抵抗があった。だから、そういう物忘れがあると、ふたりで「あ、ニンチだ」といって笑い飛ばすことにした。だって、ふだんの暮らしにたいした実害があるわけではないではないか。先週おコメを買ったばかりなのに、今週も買う。べつだん困ったことではない。うちでふたりで暮らしているかぎりニンチは許容範囲であり、また、ごく自然な自作自演の喜劇のごとくであった。いろんなニンチで怒ったり、言い合ったり、不機嫌になったりすることもあったが、おおむね最終的には「あ、またニンチだ」と指さしあって、あはは、とおたがい笑ってすませた。

25　米寿の自動車事故

そのニンチが社会的な事件になったのはぼくの起こした交通事故だった。二〇一八年夏のことである。

あなたは家のなかに花を欠かすことのできないひとだった。生け花のお師匠さんであったことはまえに書いたとおり。定期的に花を買ってきてはじょうずに玄関と居間に飾った。ぼくはそれをたのしみにしていた。その日もその花を買いにでかけたのである。暑い日だったから、「あたし、きょうはうちにいるわ、季節だからヒマワリなんかがいいかもね」というあなたをのこして、ぼくはひとりでクルマででかけた。

花屋さんまでの距離は往復三キロたらず。いい気候なら徒歩範囲内だが、なにしろ近年のあの暑さである。炎天下に花束を持って帰るなんて重労働だ。だからクルマを使った。

花屋さんでは顔見知りの女主人と世間話をしてヒマワリを中心にした花束を後部座席

に置き、ブレーキを踏みながらエンジンをかけたとたん、クルマは急発進して数メートル先に停車していたタクシーにみごとに追突。ちょうど運転手さんはお弁当の最中だった。かなりの衝撃でぼくのクルマの前面はグシャグシャ、タクシーのトランクにも派手なキズがついた。高齢者がアクセルとブレーキを踏み間違えての事故というのはしばしば新聞で報道されていて、なるほどこういうこともあるのだなあとおもっていた矢先、じぶんがその当事者になってしまったのである。

それに、あえて車種はいわないが、このクルマ、衝突感知装置というのがついていて、誤発進したり、前方に障害物があったりしたら自動的に急ブレーキが作動する、という最新式のもの。用心のためにわざわざ買い換えたものだったのに、そんなうまいぐあいにはゆかなかった。タクシーの運転手さんは怒り満面、こっちはひたすらお詫びするばかり。

もちろん、さっそく警察に通報した。さいわい、先方の運転手さんにはたいした怪我もなく、警察で事情聴取をうけただけで無事に帰宅した。先方との交渉はぜんぶ保険会社がやってくれたからありがたかったが、あなたにはおおいに心配をかけた。かねがね、あなたは「もう、そろそろ運転をヤメたらどうなの？　反射神経は若いときとちがうのよ」と忠告してくれていたし、息子や娘もしきりに免許返納をすすめていたが、ぼくはそれを無視していた。自業自得といえばそれまでだが、しょうがなかったからなのである。

この事故のあともクルマを手放すことをしなかったのは、ひとえにあなたの近距離送迎があったからだ。まえにも書いたように、目と鼻の先のホームドクターや眼科医院への往復だって、ときには歩けなくなる。近所のスーパーにもゆけない。なによりも毎月いちどの病院での検診。これはいつも血液検査とレントゲンを済ませてから診察という数時間の月例外来で、病院には朝九時半には到着していなければならない。ちょうどラッシュ時だからタクシーをよんでも空車はゼロ。タクシー会社は予約受付をしてくれないし、ハイヤーも単発はお断り。バスもあるけれど、もうおたがい心身ともに無理だった。したがってじぶんの運転能力が低下していることを承知で、ノロノロ運転で病院まで往復十キロ以上を走らざるをえなかったのだ。

それに、高齢者の免許試験ではいつも認知能力は満点にちかかったから、まだ当分はだいじょうぶ、という自信があった。でも、それは錯覚だったのだ。病院まで最後にクルマで送迎したのはあなたの死の二週間まえ、八月の下旬のことだったなあ。そのあと、まもなくあなたは逝ってしまったのだ。

あなたがいなくなってしまったいま、もはやクルマを持ち、運転する理由は皆無である。クルマはあっさりと売却した。あの事故のおかげで半世紀以上、燦然と輝いていたゴールド免許も失った。うごかすことのなくなったクルマの運転席にすわって、ただバッテリーに充電するだけのカラふかしをしながら、助手席に目をやると、ついこのあいだまでそこに座っていたひとのことを思い出して、やたらに悲しくなった。そんな近距離送迎専用のクルマだったから走行距離は四年間で三千五百キロ。ほとんど新品ですね、馴らし運転もすんでない、とディーラーは呆れたような顔をした。

　ニンチをあるがままに受け入れながらおたがい笑ってすごすニンチ仲間はいなくなってしまったのである。

26　別れのあとさき

こんなふうに力をあわせてほがらかに日々をすごしていたものの、さて、これからどうなってゆくのか、どうしたらいいのか、口にださないまでも、おたがいの人生の終末をなんとなく意識しはじめていたところに、「あの日」がやってきたのだった。

入退院をくりかえすあなたの病状から、かねてから覚悟はしていたけれど、ほんとうに思いがけないことだった。だって、その前日の午後のお茶の時間のあとはチェスの対局。一勝一敗でなかなかいい勝負だった。夕食にはデパ地下の有名店で買ってきた中華料理の総菜をいっしょに食べ、いつものようにワインに口をつけ、あれこれ雑談をして、そのあと、例のとおりテレビをつけて九時のニュースがおわったころ、これまたいつもとおなじく、おやすみ、といってそれぞれの寝室にはいっていたからである。なんの異常もなかった。

しいて思いだすことがあるとすれば、「きょうはお風呂ヤメとくわ」と入浴しなかったこと。でも、そんなことはときどきあったから、べつだんふしぎにもおもわなかった。寝るまえに血圧を計っておくのはおたがいの就寝まえの習慣。あなたは「きょうは一三〇と七〇だわ、正常範囲」といった。

だから、そんなごくふつうの老夫婦の、ごくふつうの日がおわって、翌朝はまた「おはよう」とことばをかわしてゆっくりコーヒーをたのしむのが当然、とぼくはおもっていた。いや「おもう」などというより、そういう日常の流れのなかにぼくは身をまかせていた。

それがどうだろう。起きてくるはずのあなたは、ぼくが知らないうちに、あんなことになってしまっているではないか。その現実は信じることができなかった。いったいぜんたい、これはどういうことなのか。

いまおもうと、その前兆のようなものを、どこかで感じていたような気がしないでもない。それは正確にいうと四日前、九月十二日の午前中、あなたにつきそって眼科の医院へ月例の検査にいったときのことだ。

あなたは心筋症や骨粗鬆症にくわえて、緑内障の進行をおさえるために二年ほど前から眼科にも通院していた。トラバタンズという名の点眼薬を一日一回、点眼するのもぼくの役割だった。ひとりだと、なかなか眼の中央に一滴を落とすことはむずかしい。

「いいわよ、じぶんでできるから」とさいしょは強がりをいっていたけれど、この薬品が目の周囲にくっつくと、皮膚によくない、というから点眼は細心の注意でしなければならない。いつしかぼくに点眼をまかせてくれていた。これまた毎日のしごとだった。

その眼科医院からの帰りがけ、近所の公園のベンチにすわってひと休みしたとき、木陰をつくってくれているケヤキの巨木を見上げながら、

「もうここに引っ越してきてから二十年。はやいもんだわねえ、このケヤキもあっちのサクラも知らないうちにこんなに大きくなっちゃった、あっという間だったわね。木はこうしてどんどんのびてゆくけど、あたしたち、これからどうなるのかしら？」

ぼくの顔をみつめながらあなたはつぶやいた。そうだった、このおなじベンチで、

「それじゃここにしよう」と決心して住みなれた白金の家を売り、ここ世田谷の片隅に「終の棲家」をつくったのだ。ぼくは、

「そうだなあ、冗談じゃない、来年はもう九十だよ、やんなっちゃうねえ、まあ、こうして生きてるんだから、まだまだ、たのしいこともあるんじゃないかな」

と答えた。

その日は九月にしては気温が高く、汗ばむほどだった。家にもどって麦茶を飲んでいたら、あなたが「どうしたんでしょ？　きょうは肩が凝るわ」というから、椅子のうし

ろにまわって十分ほど肩もみをした。それでもまだ、かなりツラそうにみえたのでかかりつけ医の名前をあげて、

「念のためいってみようか？」

「そんなおおげさなことじゃないわ、だいじょぶよ、ありがとう、だいぶよくなったわ」

　そんな短い問答でその日はおわった。ことによるとそのときから、結滞がおきていたのではないか、といまになって漠然と思いだすが、まさかその四日後に、あんな「できごと」に出くわすなんて。

　そんな平穏な毎日のなかでのあの朝の突発的な発作だった。あなたがあまりにも呆気なく逝ってしまったので、ぼくはなにもわからなくなってしまっていた。

　自宅での突然死だから救急車を呼んでから病院に搬送されるまではおぼえているが、そのあとの記憶は混乱している。死亡が告げられるとすぐに数人の私服警察官が病院の救急棟にかけつけてきた。死亡時に医師が立ち会っていたわけではないから、あなたの遺体は「変死体」として取りあつかわれることになったのだ。

　病院の廊下の薄暗い片隅で、ぼくは警察官にことがらのあらましを問われるままに答えた。べつだん事件性のあろうはずはないけれど、規則上、ぼくたちの自宅も「捜索」をうけた。まだあなたのぬくもりのあるベッドの写真を撮ったり、内壁の指紋採取をし

たり、前日の食べ物の残りはないか、と冷蔵庫をしらべたり、まるでテレビの刑事ドラマのような風景が我が家に出現した。長男は必要な手続きをすませるためにあわただしく警察や区役所にゆき、うちの台所では娘と長男の妻がこわばった表情で黙々と朝食のテーブルの後片付けをしていた。

そんな事態の展開のなか、ぼくは「落ち着け、冷静になれ」となんべんもみずからに命令していたつもりだが、ただ呆然と居間のソファに沈みこんでいたようである。ありがたいことにこどもたちが健気にめんどうな手続きをしてくれたらしいけれど、なにがどうなっていたのか、いまになってもぼくにはわからない。あの日、なにをしたのか、どんなふうに一日がすぎたのか、まったく記憶がない。

それからしばらくのあいだ、ぼくはほとんどなにもできなくなっていた。半年で体重は七キロほど痩せた。いまも、あなたのことが頭から離れることはない。ぼくはいつもあなたのことだけをかんがえている。これからもこんな毎日がつづくのだろう。それ以外にかんがえることもないし、こうしてあなたを無事に送ることができたのだから、もう、いつ死んでも心残りはないとかんがえるようになった。時間がたつとともに「ひとり暮らし」には馴れて、あたらしい生活のなかで生きることができるようになったが、いままでも、そんな気分はつづいている。

27　ぼくたちのお墓

さいきん、小さな変化があった。毎朝、居間の片隅の仏壇のまえにお線香をあげ、水をとりかえて、「おはよう」と呼びかけるたびに、写真のあなたの表情がすこしずつかわってみえるようになってきたのである。

あなたがお寺からいただいた戒名は「順徳鏡英信女」といい、その戒名を金文字で彫り込んだ位牌が阿弥陀様といっしょに並んでいる。さいしょのころは、「なによ、いきなりこんなところに連れてこられて、落ち着かないわ」といっていたあなたも、一年たったこのごろは、「もう馴れたからだいじょうぶよ、案外、居心地がいいわ」と答えるようになってきたようにみえる。それをきいて、ぼくもだんだん安心できるようになってきている。

それというのも、生前のあなたはいつも、「あたしが死んだらキリスト教でお葬式をしてね」といっていたからだ。母校青山学院はアメリカのメソジスト教会が創立したキリスト教大学で、あなたは聖書と賛美歌で育てられたひとである。そんなに熱心な信徒ではなかったが、賛美歌はいつも口ずさんでいた。そんなあなたが浄土宗の「信女」になってしまったのだから、さぞかし心外だったことであろう。でも、これにはどうにもしようのない事情があった。

あなたの死後、納骨の日になって、ぼくはあらためて、あなたの、そして、まもなくぼくの行く先になるお墓を買っておいてよかった、と思った。ぼくたちにはごく最近までお墓がなかったからである。

なかった、というのは正しくはない。ちゃんと加藤家には墓所があったし、いまもある。ただし、その所在地は北海道の深川市。東京からだと飛行機で札幌か旭川まで飛んで、そのあと地上交通機関で一時間ほど。ずいぶん遠い。

まえにも書いたように、ぼくの父は北海道の出身で屯田兵の二代目。だから父は、故郷の墓にもどるのを当然のこととしていた。それだけではない。明治時代につくられた加藤家の墓地を改葬するのも二代目の義務だ、と父はかんがえていて、「おまえも、いずれはここにはいるんだから、すこし手伝ってくれないか」といわれていささかの費用を分担し、その北海道の墓地を大幅につくりなおした。いまから三十年ほどむかしのことになるだろうか。あたらしい墓石の前に立った父はうれしそうだった。ぼくの両親はその「先祖代々之墓」に眠っている。

　しかし、父にとって故郷であっても、ぼくにとっての北海道は物理的にも心理的にもあまりにも遠すぎた。現実的にいって、こんな遠くまで毎年の墓参などできるはずがない。ぼくはこれまでほとんど顔をあわせたこともなかった北海道在住の親族に墓守りを全面的にたのむことにした。さいわい快諾してくれたので、安心して東京で暮らしつづけてきたけれど、父の葬儀をすませ、北海道に納骨して東京に帰ってきたころから、あなたは、

「ねえ、あたしたち死んだらどこにゆくの？　北海道？　イヤだわ。知ってるひとなんかいやしないし、淋しそうだし、寒いもん」

　といって、ぼくの顔をみつめるようになった。ぼくもおなじことをかんがえていた。いや、ぼくの母もおなじことをぼくにはいっていた。母の気持ちはよくわかっていたが、父のまえではそれは話題にできなかったのだ。

　だが、こんどはぼくたちの問題である。このままだと、いずれは北海道の「加藤家先祖代々之墓」に連れてゆかれることになってしまう。ぼくたちには、そんなことは想像もできない。それにいくら親類にまかせてある、といってもぼくの両親には手のとどく範囲にいてもらいたい。それには分骨という方法がある。北海道に眠る父母の遺骨の一

部を東京にもってきて、それをこっちにも葬ればいいではないか。そうすれば墓参もできるし、なによりもぼくたちの行く先も決定できる。

そこで東京にあたらしいお墓をつくることにした。だから父が逝ったあと、ほとんどすぐにぼくたちは「お墓さがし」をはじめた。

ところがそこで問題に直面した。それというのも、ぼくの家の信仰が神道だからである。困ったことにその神道の墓所が東京ではみつからないのだ。

なるほど、東京都内のほうぼうで「墓地分譲」の広告がでている。しかし、そのほとんどすべては仏教寺院の墓地であった。新聞やチラシでそうした分譲墓地のいくつかにあたってみたが、仏教、それも分譲してくださるお寺の宗派の信者でなければダメだということがわかった。

宗派、宗教を問わず、だれでも、というのは東京都の二十三区内では都営青山墓地である。その青山墓地が毎年墓所を分譲しているときいて、さっそく応募することにした。その管理者は東京都という自治体だから料金も適正である。ぼくたちはさっそく申し込んだ。だが、その競争倍率は想像を絶するほどの難関。五年間、毎年申し込んで、結局は抽選にもれてダメだった。だからこれはあきらめてお寺の墓地を買うことにした。

あまたの「分譲墓地」のなかに青山にある「物件」がみつかった。交通の便もよし、雰囲気もいい。それに場所がぼくたちに縁の浅からぬ青山だから、「現地」をみるとすぐに気に入って、あなたは「いいわねえ、ここにしましょうよ」と声をあげ、ぼくも「ここならいい」と直感して、ここの一画を買うことにした。

「買う」といっても毎年の維持管理費は支払わなければならないし、将来後継者がいなくなれば改葬されて無縁墓に移動させられてしまう。でも、分骨になって東京にいる父母と、ぼくたち、そして息子夫婦の行く先もこれで確保できる。その先はどうなるかはわからない。どうでもいい。しょせん、人間というものは、その程度のことで安心、満足していればよろしかろう。

だが、問題はそれからだった。どこの寺院でも、その宗派の信徒でなければその境内の墓地にはいれてくださらないからである。さいしょの面接のときに応対してくださった若い僧侶は、「神道ではダメです。浄土宗に改宗してくださらなければ」とおっしゃった。これはしょうがない、とおもった。「もういちどかんがえてきます」といってその日はいったんひきあげた。うちに帰って、「さあ、どうしよう」と相談したら、あなたは「イヤだわね、あたし仏さまになるなんて、イヤよ」といいながらも、「でも、あそこは気に入ったわ、静かだし、便利だし、なんてったって青山だもん、まあ、いいじゃない」とうなずいた。ぼくも同感だった。問題は墓地の立地条件であって宗派宗教ではない。とにかく安心できる行く先を決定できればそれでいい。

決定的だったのはこの寺院が青山にある、ということだけ。あなたはキリスト教から、ぼくは神道からあっさりと改宗して、浄土宗の門徒になることを決心したのである。おたがい、いいかげんといえばいいかげんだが、気に入った安息の場所を確保できただけで満足することにした。

そんなわけで、数日のちにぼくたちはふたたびそのお寺をたずね、「それでは改宗して、お寺の規則にしたがいます」と誓約した。北海道から分骨して神棚に安置しておいた両親のちいさな骨壺もそのままこの墓所にいれていただきたい、とお願いした。ご住職は、それなら「加藤家先祖代々」と石碑に刻んでください、亡くなったかたに改宗をしていただくにはおよびませんから、とおっしゃった。

はっきりいって、この墓地は金銭的にはけっして安い「買い物」ではなかった。正確な数字をあげることはひかえるが、かなり上等の乗用車一台の値段とおなじくらいの価格であった。さいわい、いささかの貯えもあったから思い切った。ぼくたちが買った区画はかなり奥まったところにある桜の木の下。墓石ができあがり、両親の納骨をしたとき、あなたは、これはいいわ、桜がきれいでいいわねとほほえんだ。西行の「ねがわくは花のもとにて……」という和歌をふたり同時に思いだしてつぶやいた。

あなたはいま、そこにいる。生まれ育った青山である。しかもなんたる偶然であろうか、その墓地のすぐそばにわれらの母校、青南小学校がある。いずれぼくもそこにゆく。ぼくたちの墓石のうえには春になれば桜の花が満開で、散るはなびらがさやさやとそそいでくるだろう。母校の校章も桜だった。ふたりそろって母校の学区内、入学のときからいっしょ、死んだあともおなじところでいっしょ。こんなしあわせがあっていいものだろうか。

28　東京物語

小津安二郎の名作「東京物語」が製作されたのは昭和二十八（一九五三）年、つまりぼくが大学を卒業した年であり、また、あの殺伐たる「血のメーデー」の翌年のことであった。といっても、半世紀以上むかしのこの映画のことなんか知らないひとがいまでは大部分だろうから、簡単に解説しておくと、こんなストーリーである。

尾道に住む平山周吉（笠智衆）と妻のとみ（東山千栄子）はこどもたちを訪ねて上京する。みなそれぞれに表面的には歓迎してくれるが、はっきりいって老親の来訪は迷惑だ。なかなか本気で相手にしてくれない。そんななか、戦死した次男の未亡人紀子（原節子）だけが親身になってもてなしてくれる。周吉夫婦は、複雑な気分におそわれながらも満足して尾道に帰ってゆくが、とみが急死してしまう。その葬儀がおわって、悲嘆に暮れる周吉と紀子のあいだのこまやかな心の交流がみごとにえがかれていて、ぼくは感動した。

この「東京物語」で小津が描こうとしたのはなんだったのだろうか？　ひとことでいえば、それは「核家族」の誕生という、戦後のおどろくべき「家族」の変化である。「父母ニ孝ニ兄弟ニ友ニ」という教育勅語でそだったぼくたちにとって、こんなにも「家族」がかわった、というのは信ずべからざることであったが、成年に達した親子の関係が、むかしとくらべて、不安定で、ときにはよそよそしいものになってしまったのである。

この「東京物語」は世界的なヒット作品になった。いろんな賞を受賞したし、このストーリーをそのままリメイクした作品も続々とつくられた。さいきんではロバート・デ・ニーロ主演の「みんな元気」。妻に先立たれ、退職した主人公が全米にちりぢりになったこどもたちを訪ねて、どこにいっても期待を裏切られる物語。

こんなふうに家族が分裂して夫婦と未成年のこどもだけ、そして最終的には「ふたりっきり」になる家族のことを「核家族」という。その「核家族」化が世界的におどろくべきスピードで進行したから、「東京物語」はさまざまな国でこれだけ話題になり、いまもリメイクされているのだろう。

ここであらためて「家族」とはなにか、といった学問談義をするつもりは毛頭ないが、なにをかくそう、はっきりいってぼくたちこそがその「核家族」の先駆的な実物見本のようなものだった。

これまでのべてきたように、ぼくたちは二十四歳のときに結婚して以来、完全に独立して親きょうだいから離れて暮らしてきた。なにしろ東京から京都ならまだしも、いきなりケンブリッジという一万キロをこえる遠距離で生活をはじめてしまったのだから、両親に会うことはもとより話す機会だってありはしなかった。もちろん、おたがい気になるから親たちとは毎月それぞれ一回ほど文通はあったけれど、航空便でも片道一週間ほどかかった。それもだんだん頻度がおちて、物理的にも心理的にも親たちとの距離感は遠くなってしまった。結婚してまもなく、「あたしたち、ふたりっきりなのね」とあなたはよく口にするようになった。

日本にもどってからは東京・京都間のことだから、それぞれの両親が京都見物がてら二、三回たずねてきた。できるだけ時間のやりくりをして観光地を案内したり、しかるべき料亭でご馳走したり歓待につとめたが、ただでさえせまい我が家に両親の寝所をつくるのもたいへんだったし、食事の好みもちがう。訪ねてきてくれたのはうれしいが、この親たちといっしょに暮らすことなんかできっこない、とおもった。

ほんとうに、あなたのいうように、ぼくたちは「ふたりっきり」になっていたのである。それがやがてこどもたちに恵まれ、かれらを社会に送り出すまではにぎやかな親子四人の時期をすごした。

　しかし、それもかれらがそれぞれに世帯をもつまでのほんのつかの間。やがてこどもたちは巣立って、結局、ぼくたちはまた「ふたりっきり」になってしまったのである。「核家族」に生まれたこどもたちは、当然それぞれの「核家族」をつくってゆく。そんなふうにしてつくられた「ふたりっきり」が「核家族」という名のカプセルにつつまれて、何百万、いや何千万とそこかしこに浮遊し、ブラウン運動をつづけている。それが現代社会というものなのではないのか。

　あなたが、マフィアによって代表されるような「ファミリー」、すなわち「拡大家族」にあれほどに興味をもち、憧憬の念をいだいていたのは、ことによるとぼくたちがつくってきた「核家族」があまりにもそれと対照的であったからかもしれなかった。

　それをさびしいといえばさびしいが、ぼくたちはさいしょからその「ふたりっきり」を当然のこととしてうけいれてきたようである。

　ぼくたちの晩年、とりわけ八十歳をすぎてから、あなたはときどき、「あたしたちこれからどうなるのかしら？　だれがめんどうをみてくれるのかしら？」といったようなことをいいはじめるようになった。

「うちのこどもたち、なにをかんがえているのかしらん？　わからないわ、あんまりアテにしないほうがいいのかもしれないわねえ」と不安そうな顔でぼくをみつめた。とはいえ深刻なものではなく、いずれも食事やお茶の時間でのなにげない会話である。「まあ、そんなこと、その時になんなきゃわかんないなあ」とぼくはアイマイにうけ答えしていた。ぼくもじつは同感だったからである。

　そんな話題になると、はなしが飛躍することもすくなくなかった。

「ねえ、あなた、先に死なないでね、あなたに死なれたら、あたし生きていけないもん、でもあたしが先に死んでも、あなたのことが心配だわ、いっそふたりいっしょに死ねる方法はないかしら？」

「おやまあ、心中かい？　近松じゃあるまいし、そんなの当節、流行らないよ、世の中、なるようにしかならないだろ、ケセラセラだ」

「本気よ、あたしいっしょに死ねたらいいとおもうの。でも、服毒はイヤだわねえ、苦しそうだし、死に顔がキタナイっていうじゃない。クルーズの途中でこっそり夜中に海に飛び込んだら死ぬでしょうけど、万一、発見されてひとりだけ助かったりしたらみっともないし、生き残ったほうは困るわよね、海は冷たいしね、いちばんいいのは飛行機事故だとおもうわ、空中分解でもしてくれたら遺体も残らないし、キレイに死ねるじゃない？」

そんな極端なことをいいだすときもあった。冗談半分だったことはじゅうぶん承知していたが、おたがい暗黙のうちに、これまで築いてきた「核家族」の終末をなんとなく予感しはじめていたのである。

よほどそのことが気になってしまっていたのだろう、晩年のある日、ぼくがチャンドラーの名作『さらば愛しき女よ』を読んでいたら、「なに読んでるの？」と表紙をみたとたん、「イヤだわ、こんな題名の本、読まないでちょうだい、きいただけで淋しくなるじゃない」と、おそろしいほど真剣な顔つきになってしまったことも思いだされる。

それがもう、そんなに遠いものではないような気がしたのは、あなたの死の直前、八月なかばの入院であった。

といってもあなたの入院ではない。ぼくの入院である。ぼくはかねてから白内障の手術をうけるように眼科の先生にすすめられていた。左目はかなりまえに済ませていたがこんどは右目である。しょうがない。

しかし、以前の左目のときとちがって、こんどはあなたが心身ともに疲労困憊している。家の階段の上り下りも途中で息切れしてひと休みしなければならないようになっていたし、たわむれに「ニンチ」といって笑ってすませていた認知症もかなり心配になってきていた。そんなあなたを置いて、わずか一晩の入院でもうちを留守にすることなんかできるはずがあるものか。

そこでぼくは一計を案じて、あなたにも同日に入院してもらうことにした。あなたは循環器の診察は毎月うけているが、消化器とはまったく縁がない。胃カメラの受診はイヤがってここ三年ほどしていない。だから胃カメラをとったあとの、万一の心臓発作に用心のための入院ということにしていただいた。俗にいう「社会的入院」である。

その手はずをととのえて、あなたにはなしたら、「そうなの？　でもいっしょなら心強いわね」とスナオにうけいれてくれた。病院のほうも顔なじみになっているから手続きは簡単で、事情を思いやって隣接する個室ふたつを用意してくださった。当日、あなたの胃カメラもぼくの手術も無事にすんだので、おたがい安心。ぼくのほうは眼帯をつけたままの安静だけれど、あなたのほうはどうということはない、さっそくぼくの病室にきて、「だいじょぶ？　あたしのほうは異常なしだったわよ」と見舞いにきてくれた。

だが、その直後、「なぜあたしたち、ここにいるの？　あたし、また心臓が悪くなったの？」といいはじめた。しきりに説明してもわからなくなっていた。そして、「病院ってイヤねえ、くたびれちゃった」とつぶやいて自室にひきかえした。看護婦さんにきくと、そのまま眠ってしまったそうだ。娘たちが見舞いにきたときにはよろこんで話し込んでいたようだったが、彼女たちが帰るとまた眠ってしまったらしい。

翌日、退院の手続きをしているあいだ、ぼくは待合室の一隅にあなたを座らせ、「ちょっと時間がかかるかもしれないけど、迷子になるといけないから、ここから動いちゃダメだよ、迎えにくるから」と念を押して支払いをすませてもどってきたら、「どこにいってたの？　心配しちゃった」といってぼくの差し出した手にすがって立ち上がり、ふたりそろってタクシーで無事に帰宅した。

我が家にもどったら、「やっぱりうちはいいわねえ、病院なんてもうまっぴらだわ」といってお茶をいれてくれた。あれがぼくたちの最後の「外泊」なのだった。

終章　旅路の果て

「あの日」のあとの数日は、あっというまに過ぎた。あなたとの最後の「面会」はお寺の控え室だった。死化粧をしたあなたの顔は、あまりにも変わり果てていた。それでもぼくはあなたの頬にさわり、唇をよせた。とめどもなく涙があふれてきた。ついきのうまで、あんなに仲よくしていたのに、いまはおたがい生死をわかつ途方もない暗く厚い壁にさえぎられてしまっているのである。もう、あなたはいない。親族だけのひっそりした通夜がすむと、あなたは火葬場にはこばれ、あわただしく葬儀はおしまい。あなたは骨壺にはいってうちに帰ってきた。

　いま、こうして目をとじてみると、ひとの一生というものはけっして連続する動画ではなく、身辺に散らばっているおびただしい数のスナップショットの集積であり、それらがあちこちで光を発してひとを呼び寄せてくれているもののごとくである。どれをとってみても、あの日、あの時を回想させる鮮やかな画像だが、そのなかでひときわ忘れることのできない一枚はいまから六十五年まえの、あのボストン空港でのあなたとぼくとの抱擁の瞬間である。そうだ、そうなのだ、あのときが、ぼくたちふたりの人生のはじまりだったのだ。

あれからあと、ぼくたちは物理的にも心理的にもずいぶんあちこちを遍歴したなあ。なまじぼくが社会学という因果な学問に身をいれて、社会調査の旅がおおかったから、あなたもそれに同行して国内外ほうぼうに足をはこぶことになったのである。

そのさいしょの遠野への旅のことはまえにしるしたが、おなじような短期間の調査旅行の目的地はあちこちたくさんあった。北は根釧原野から南は石垣島まで、仲間とチームを組んでいるときはさすがに同行しなかったが、そうでないときは気が向けばついてきてくれた。

国内だけではない。一九六七年の夏、人文科学研究所では桑原武夫先生を中心にした「ヨーロッパ学術調査班」が編成され西欧各国の僻地の実態調査をしよう、というプロジェクトが発足した。先生の人選によって梅棹忠夫さんがイタリアのトスカーナ地方、多田道太郎さんがフランスのブルターニュ地方、そしてぼくがイギリスのケント州という割り振りである。いずれも観光案内にはのっていないような地方での庶民生活を調査することになった。ぼくはあなたに「いっしょに行ってみない?」ときいた。「行きたいわ、でも公務でしょ、ひとりでいってらっしゃい」という。桑原先生にそのことを口にしたら、「かまへん、調査班のメンバーにすることはでけへんけど、あんたの奥さんがたまたまロンドンにひとりで旅行にきていて、ばったり顔をあわせたら、しゃあないもんな」と粋なはからいをしてくださった。

そんなわけで、あなたは実質的にぼくと同行してイギリスにゆくことになった。三ヶ月のやや長期滞在の調査である。このときの記録は『イギリスの小さな町から』という書物にまとめたが、こども連れでケント州の町で家を借りて住んでみたのは成功であった。家族ぐるみで地域社会にはいると、地元のひとたちの警戒感もなく、たやすく友人ができたからである。いろんな職業のひとびとと知りあい、イギリス人のふつうの生活がよくわかった。

「マナ・ハウス」、つまり荘園屋敷として知られるむかしの領主のお城のようなおおきな館をたずねて当主の某男爵のおはなしをうかがうこともできたが、もうとっくに七十歳はすぎたとおもわれる男爵は開口一番、「あんたの国とは戦争をしておったな」とやや不機嫌そうにおっしゃった。暖炉のまえの椅子にどっかりと腰をかけ、足元には獰猛そうなドーベルマンがこっちをにらんでいる。なんだかアガサ・クリスティーの小説の世界の一場面のような気がした。

ぼくたちはほんとうによく旅をした。元気だったころのあなたは旅先でときどき単独行動をとることもあった。あなたは思い切りもよかったし、勇気があったから、四国に旅行したときには、ぼくが学会に出席しているあいだに、ひとりで高松から連絡船に乗って小豆島まで日帰りの旅行をしていた。女の一人旅なんて珍しい時代だったから、観光バスのなかでずいぶんたくさんの男に話しかけられたという。あれはたしか四十代の後半だったが、「あたしだって、まだ捨てたもんじゃないのよ」と笑っていた。

外国でもそうだった。バルセロナではこれもぼくの学会出席中、ひとりで下町をうごきまわり、露天の焼き栗を食べて、「おいしかったわよ」といってぼくをびっくりさせた。あとできいたら、犯罪多発の繁華街だというので、よくもそんなところに、と胸をなでおろした。シドニーでも裏道を歩いて、あげくのはてにスリにやられて失敗したが、気がついたときにはすぐさま冷静にクレジットカードの会社に電話をかけて番号を通知し、被害を回避することができた。

パリにいったときも、ひとりで観光バスに乗ってモネのアトリエを見学していた。「モネの庭はよかったわ、あなたは学会でいそがしいからかわいそうだったわね、うらやましいでしょ？」と自慢した。ぼくたちの結婚にあたって、あなたが単身、貨客船と飛行機を乗り継いで日本からボストンまできてくれたことはさいしょに書いたが、あの決断力と勇気もおどろくにはあたらないのかもしれない。

七十歳という節目をこえてからは、毎年、春と秋にしごと抜きのたのしい旅行をするようになった。どこにゆくか、はふたりでなんとなく決めたが、まえに書いたように、あなたはあちこちの植物園を目当ての旅をしてみたい、といって、都内では小石川植物園を手はじめに、ほうぼうの植物園。さらに高知の高知県立牧野植物園にまで足をのばした。

まだ元気があった時期には植物園をたずねて海外旅行にもよくでかけた。オランダで開催された国際園芸博覧会、チェンマイのラン植物園、さらにクライストチャーチの花祭りなど、誘われるままずいぶん世界の植物園を見学する機会にめぐまれた。ロンドンのキュー・ガーデンなどはむかしケント州に滞在していたときからなんべんも繰り返して足をむけていたから、「もうキュー・ガーデンは見飽きたわ」と、友人の紹介でロンドン近郊の高級住宅地の庭の見学にひとりででかけてきたこともある。

だが、あなたが興味をもったのは植物だけではない。むかしハワイでの「島っておもしろい」発言以来、行く先としてあなたはほうぼうの島をあげて、「いってみたい」といいはじめた。その第一号はシチリアである。記録をみるとあれは七十五歳のときだった。パレルモのホテルに泊まって、かつての栄光をとどめながら、いまは廃墟のように淋しくなったシチリアという島にしばらく滞在して漁村や魚市場などを散歩した。おそらくあなたの脳裏にはシナトラの歌声とマフィアのイメージがひびいていたのではあるまいか。

シチリア旅行がよほどおもしろかったのか、その翌年だったか、突然、「ねえ、タスマニアって、どんなとこかしら？　いってみない？」といいはじめた。へえ、とびっくりした。タスマニアという南極圏にちかい島の名前や位置くらいは知っていたが、あらためてしらべてみたら、メルボルンから飛行機で一時間ほど。どうしてこんなところに興味をもったのか、わからなかったが、おもしろそうだからそれじゃいってみよう、ということになった。大自然そのものといっていいようなこの島ではオンボロの小型観光バスで、有名なタスマニアン・デヴィルという獰猛な動物をみにいったり、ホバートの港のちかくの住宅地を散歩したりして数日をすごした。

と、ここまで書いてきて思いだした。そうだ、タスマニアの帰りがけにメルボルンに二日ほど滞在したとき、天気はよし、そこらまで散歩しようか、と声をかけたら、あなたはなんだかくたびれたわ、悪いけどひとりでいってらっしゃい、とベッドで横になってしまった。そのときはべつだん気にしなかったが、あのときもたぶん軽い発作の前兆があったのだろう。正確な記録はないけれど、例のニトロを処方されたのは、あのタスマニア旅行から帰国して間もなくのことだったような気がする。心不全は、もうとっくのむかしに慢性化していたのである。

さすがに八十五歳をすぎてからは飛行機での海外旅行は、いくらビジネスクラスを奮発し、空港でゲートまで車椅子のお世話になっても苦痛になってきた。ぼくたちの最後の海外旅行は八十六歳のときの台湾旅行。このときには台北の植物園をひとまわりして、勉強にはなったがかなり疲労した。

そこで空路の旅はオシマイにして、こんどはクルーズ、つまり船の旅に切り替えた。船なら客室で自由にすごすことができるからホテルに滞在するのとおなじ。ぼくたちは数日の船旅をえらんで国内の島々をたずねることにした。二〇一八年の冬には小笠原諸島までのクルーズ。小笠原は大型船は接岸できず、ちいさな漁船に乗りかえて埠頭まで波にゆられなければならなかったが、そんな経験にも挑戦した。船頭さんから年齢をきかれて、八十八歳と答えたら、「ふたりとも元気だねえ」といわれてうれしかった。

ぼくたちの最後のクルーズは沖縄・奄美への旅だった。あなたが逝く数ヶ月前、正確には二〇一九年二月のこと。あいにく天候が不順で宮古島には寄港できなかったが、ふたりとも元気で船上生活をたのしんだ。いい思い出になった。

とはいうものの、これら二回の晩年のクルーズ旅行をふりかえってみると、あれはかなりの負担だったのではないか、という気がする。じぶんから小笠原だの奄美だのと島へのクルーズ旅行を希望しながら、目的地の島に到着すると、あまり長時間の滞在ができなくなってしまっていたのである。小笠原ではせっかく観光タクシーを手配して乗り込んだものの、父島の丘陵の屈曲した道路を三十分も走ったら、「あたし、なんだかくたびれたわ、もう帰らない？」といった。ぼくは運転手さんに、予定のドライブの半分も走っていないのに港にもどってもらうことにした。例の漁船がくるまでベンチに座りこんだあなたの顔色はよくなかった。「だいじょぶかい？」ときいたら、「うん、だいじょぶ、ちょっと気分がわるいだけ」と答えたが、本船の船室に帰ったとたん、すぐにベッドで横になってしまった。

　まったくおなじことが奄美大島でも発生した。

　奄美には「日本のゴーギャン」といわれる田中一村のアトリエと美術館がある。それを見学するのをたのしみにしていたのだが、島に到着してタクシーに乗り、一村の掘っ立て小屋のアトリエをみて、さあ、これから美術館だ、と声をかけたら、「もういいわ、帰りたい」という。だから滞在時間わずか一時間たらずでぼくたちは船にもどった。この旅の七ヶ月後に、あなたは静かに永遠の眠りについたのだ。

　まったくの奇跡というべきことがあった。この最後の船旅の準備の荷造りをしていた

とき、

「あら、こんなものがでてきたわ」

　と、ヒキダシの奥のほうから古びた革のケースを見つけた。

「なんだい？」

「これ、むかし阿蘇春丸の船長さんからいただいたものなのよ」

　びっくりした表情で、ちいさな双眼鏡をそのケースのなかから取りだした。まえに紹介したように、阿蘇春丸というのは、六十五年まえにぼくと結婚するためにはるばる太平洋をわたってやってきてくれたときの貨客船である。それを目にあてて、

「これ、沖縄にもってく。まだちゃんと見えるわよ。どうしてこんなものがでてきたのかしらねえ？　ふしぎだわ」

　といいながら、それをカバンにいれた。

　クルーズのあいだ、あなたはその双眼鏡で、六十五年まえに阿蘇春丸から二週間にわたって太平洋を眺めていたときとおなじように、果てしなくひろがる水平線を見つめていた。あなたの人生のなかでぼくといっしょに暮らしてくれた、このながいあいだの歳月のはじまりもおわりも、船旅なのだった。

　いや、人生そのものがあなたにとっての長い船旅だったにちがいない。ぼくはその同

伴者として、しあわせな人生を生きてきた。いまこうしてぼくがしるしてきたのは、あなたがその船旅で紺碧の海へのこしてきた、きらきらと輝く航跡をあらためてたどる、ぼくの心の旅路だったのである。

あとがき

二〇二〇年二月の立春を待って、親族や友人知己にこんなハガキを送った。

「六十五年間にわたって苦楽をともにしてきた妻、加藤隆江を失いました。昨年九月十六日のことでした。その前日はふだんとかわらず夕食をともにし、ワインをかたむけ、それぞれの寝室で就寝したのですが、翌朝、様子をみにゆくとすでにこと切れておりました。享年八十九歳。虚血性心不全による突然死でした。

それから五ヶ月、鬱々たる日々をお察しいただくことも心苦しく、ためらっておりましたが、ようやく心身ともに一段落つきましたのでここにお知らせ申しあげます。せめてものなぐさめは病院で苦しむこともなく、自宅の自室で静かに眠りについたことでした。うらやましい死に方でした。生前、お世話になりましたこと、ありがとうございました。

残された者は独居老人となって気ままに日々を送っております。家族も近いところにいて、つねに安否を気遣ってくれておりますのでご休心くださいますように。
お年賀へのご返信としてまことに不調法でございますがこうした事情ゆえ、どうぞ
おゆるしくださいますように」

あなたが逝ってしまったその日から、ぼくはまったく不可解な世界にひきこまれていた。なにがどうなっているのか、すべての分別がつかないまま、ほとんど夢のなかをさまよっているようで、なにもかも現実とは思えなかった。あなたの死についてはそれまで家族以外のだれにも知らせていなかったし、そうかといって定型の喪中のお知らせだけで片付けることはぼくのこころが許さなかった。だから、新年明けて、すこし落ちついてから、こんな方法でお知らせをすることにしたのである。

　このハガキを書きながら、あなたとすごしてきたこれまでの暮らしの日々のあれこれがはげしく思いだされ、頭のなかをよぎる無数の記憶の断片のすべてが、あらためて、せつなく、いとおしいものとして生き生きとよみがえってきた。そんな日々のおもいのいくつかを文字にしたためていたら、こんな書物になった。

　この書物をそっちの世界からみているあなたが、

「いやあねえ、どうしてこんな本を書いたの？　恥ずかしいし、みっともないじゃない、

イヤだわ。好きなようにするのもイイカゲンにしてよ。でもあなた、毎日、よくお掃除や洗濯をしたり、お献立をくふうしたり、ゴミ出しも忘れてないわねえ。庭もキレイになってるじゃない。あなたってひと、ちょっと見直したわ」

といっているのがきこえてくる。

それに応えて、ぼくはいう。

「だって書きたかったんだもん、しょうがないだろ。このくらい、いいじゃない。いずれ、ぼくもそっちにゆくから、文句があるなら、そのときいってちょうだい。でも、おたがい寂しいねえ」

それもまた、世にいう「愛情」のやりとりというものだ、とぼくは信じている。

この本ができるにあたっては新潮社の三重博一さん、楠瀬啓之さんのひとかたならぬご尽力があった。なんべんも書きなおすたびに懇切なご助言をいただいたおふたりに心からの御礼をささげる。

二〇二一年夏　あなたの誕生日に

加藤秀俊

ケンブリッジ 1954

カバーで使用した陶板は作者不詳
北欧の町のちいさな骨董店だかをのぞいたとき、あら、おもしろい、あたしたちみたいじゃない、といって買った陶板。ずっと食堂の壁にかけてある。
著者

カバー写真／新潮社写真部　広瀬達郎

*

本書は書下ろしです。

九十《きゅうじゅっ》歳《さい》のラブレター

著 者

加《か》藤《とう》秀《ひで》俊《とし》

発 行

2021 年 6 月 25 日

5 刷

2022 年 2 月 15 日

発行者 佐藤隆信

発行所 株式会社新潮社

〒162-8711 東京都新宿区矢来町 71

電話 編集部 03-3266-5411

読者係 03-3266-5111

https://www.shinchosha.co.jp

装幀 新潮社装幀室

印刷所

錦明印刷株式会社

製本所

加藤製本株式会社

乱丁・落丁本は、ご面倒ですが小社読者係宛お送り下さい。

送料小社負担にてお取替えいたします。

価格はカバーに表示してあります。

ISBN978-4-10-354151-6 C0095